他只期盼著能夠早一天得到寶藏，蓋一座佐羅力城，做好萬全準備，迎娶美麗的新娘。
不過，我們手上沒有藏寶圖，要怎麼尋寶呢？
嘿嘿，索倫多．隆前往的地
就一定有
而本大
大家瞧
用敏
第六
佐羅力
師出馬，
定找得到
啦。
一心想早點到達藏寶地的佐羅力三人，立即跳上了火車，
啊——寶藏在呼喚本大爺啦。出發！
卡帕帕村在第三站唷。
他們朝著卡帕魯山所在的卡帕帕村出發啦。

很快的，佐羅力三人坐的火車抵達了目的地卡帕帕村。
走吧，讓我們比索倫多·隆，早一步將寶藏弄到手吧。你們去問問看哪一座是卡帕魯山。

怪傑佐羅力之大、大、大、大冒險！〈上集〉

文・圖 **原裕**　譯 周姚萍

不過，這裡是無人車站，半個人都沒有。
啊，那裡有一間小學，一定有一大堆人。我去試著找人問一下。
帕帕村
六丁目
普斯

伊豬豬朝著小學跑去，卻看到了恐怖的景象——

怎麼了？伊豬豬。
哇啊！
學校裡的孩子們個個發高燒，全身上下還浮現了一道道條紋，更由於這謎樣的條紋病而昏倒在地，看起來痛苦不堪。
好可憐哪，這種病只襲擊小孩子。爸爸，你得快一點做些什麼才行啊。
那是當然的，阿麗伍絲。我也正全心投入治癒這種病的藥物研究，只差那麼一步就能完成……手邊所缺的，只有兩樣東西而已。

快點送到體育館，讓他們休息。
只能先讓他們靜養了。
那就是「光鮮」和「紫石」的粉末。要成功製作出藥物，一定要有這兩樣東西。
那麼，馬上去找呀。
小姐，事情可沒那麼簡單呀。
馬洛博士一旁的助手魯庫多跑出來說。

「世界上只有卡帕魯山才有那兩樣材料。」

「咦？是那座卡帕魯山嗎？」

佐羅力聽到阿麗伍絲的話，不由得豎起耳朵仔細聽，因為那是他們正在尋找的山岳名稱。

沒錯。傳說以前曾有海盜在山上埋了寶藏，所以，不曉得

有多少冒險家
登上那座山，
但是，
沒有一個
安全的下山回來。
阿麗伍絲，
這件事你應該
很清楚吧。
卡帕魯山是一座
非常可怕的山。

馬洛博士深深
嘆了一口氣。
阿麗伍絲猛的站起來說：
「我不怕，我去！」

「我是個小學老師。我沒辦法眼睜睜看著自己所教的小孩，以及其他更多的小孩受這種痛苦。」

阿麗伍絲迅速的將小鐵鍬、小鶴嘴鋤及繩子等工具，塞進背包中。

就在她正打算離開學校時，

「等、等等，阿麗伍絲。」

馬洛博士慌了。

「即使發生奇蹟，

有辦法帶回『光蘚』和『紫石』，這裡卻還有另外一個問題。」

「咦？什麼？有什麼問題呢？」

阿麗伍絲停下腳步，轉過身問。

「我們村子沒有製藥的機器。
我希望能到其他的村子或小鎮製藥，
但要是傳染病因此擴散，可就糟了。
用研磨缽只能一份一份研磨成藥粉，
要一次治癒幾百位
染病的小孩，不曉得
時間來不來得及——」
馬洛博士
閉上了雙眼。

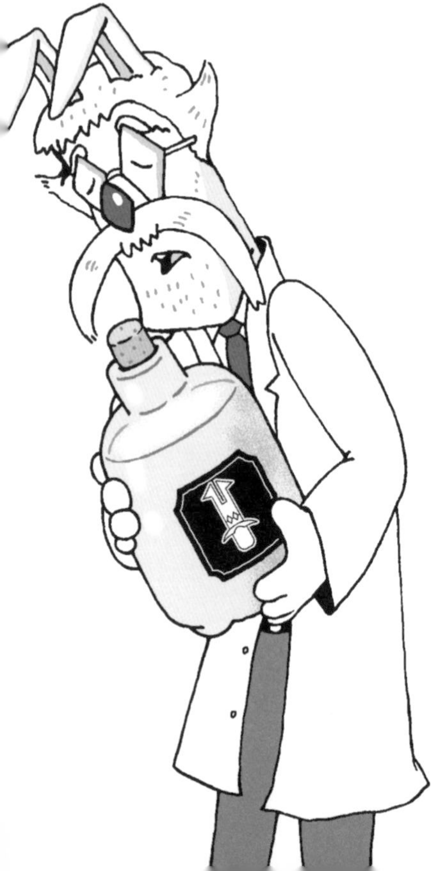

「所以，就什麼也不做嗎？」

阿麗伍絲一說完，

說得好。只要能救一個小孩，
也要集合所有村民的力量來磨藥哇。
那是大人該努力做的事。
從一開始就放棄的話，
什麼事都做不了！
我說的對吧？這位小姐。

從校門那兒走進來，將手
悄悄放在阿麗伍絲肩膀上的，

正是怪傑佐羅力。

他的後方，則站著貼身夥伴伊豬豬和魯豬豬。

「你們說的話，我全都聽到了。

這位小姐，就讓我陪你一起去吧。」

「咦？你是誰？」

當阿麗伍絲吃驚的說出這句話時，

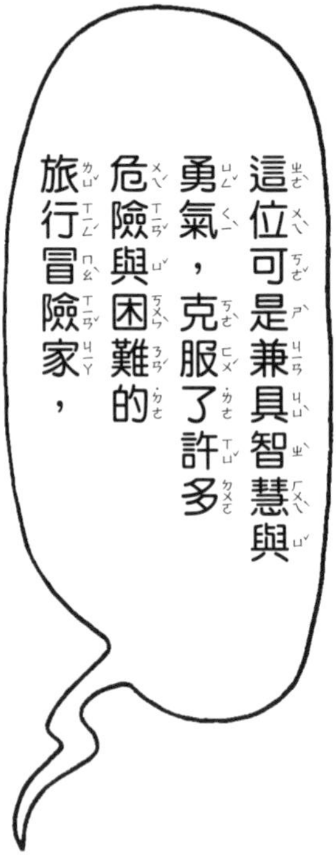
這位可是兼具智慧與勇氣，克服了許多危險與困難的旅行冒險家，

怪傑佐羅力大師！

伊豬豬和魯豬豬便開始得意洋洋的介紹起來。

沒錯，馬洛博士。我將一路保護著您的寶貝女兒，您一定會看到我們順利帶回「光蘚」和「紫石」這些玩意兒。

佐羅力酷酷的表明了自己的意願，然而，他真正的目的是……

這麼一來，就有人帶路
前往卡帕魯山，寶藏也就能到手了。
連帶的，如果能找到
「光蘚」和「紫石」，

還能擄獲可愛的
阿麗伍絲芳心。
不管是佐羅力城，
或是美麗的新娘，
這可是一次統統到手的
良機啊。

完全不知道內情的馬洛博士與
村民，現在也只能

將孩子們的命運，託付在佐羅力手中。
「一切都拜託您了。」
所有人都對著他深深一鞠躬。
但這時，

魯庫多突然飛奔而出。
佐羅力的心因此猛跳一下。
難道他暗中所打的主意
被識破了嗎？

然後，魯庫多對他們說：

您為了協助我們村子而賭上性命，這令我非常感動。佐羅力先生，也請您帶我一起去吧。我是馬洛博士的助手，對於苔蘚和石頭都非常了解，所以一定能幫上忙。

對耶，我也沒有看過「光蘚」和「紫石」，如果魯庫多一起去，就不用擔心我們分辨不出這兩樣東西了。

阿麗伍絲
很高興的說。
「啊、啊啊……」
佐羅力突然
變得很不開心。
因為，如果有年輕的學者
一起去，一定會成為
他的愛情競爭對手。
然而……

一位可愛的女孩抓住了魯庫多。

你不可以走，我不想自己一個人留下來——
不會有事的，因為有冒險家佐羅力先生同行啊。我一定會平安回來的，你乖乖的等著我喔。
唷呼～唷呼～
好熱情 好熱情

魯庫多望著女孩的雙眼說。

「搞什麼，原來已經

有了可愛的女朋友啦。」

愛情的競爭者消失後，佐羅力也大大放心了。

「這位小姐，魯庫多一定會平安歸來的，請安心的等著他吧。」

佐羅力說完這些話之後，就搭著阿麗伍絲的肩膀，非常開心的走出校門。

魯庫多也放開女孩的手，追上前去。

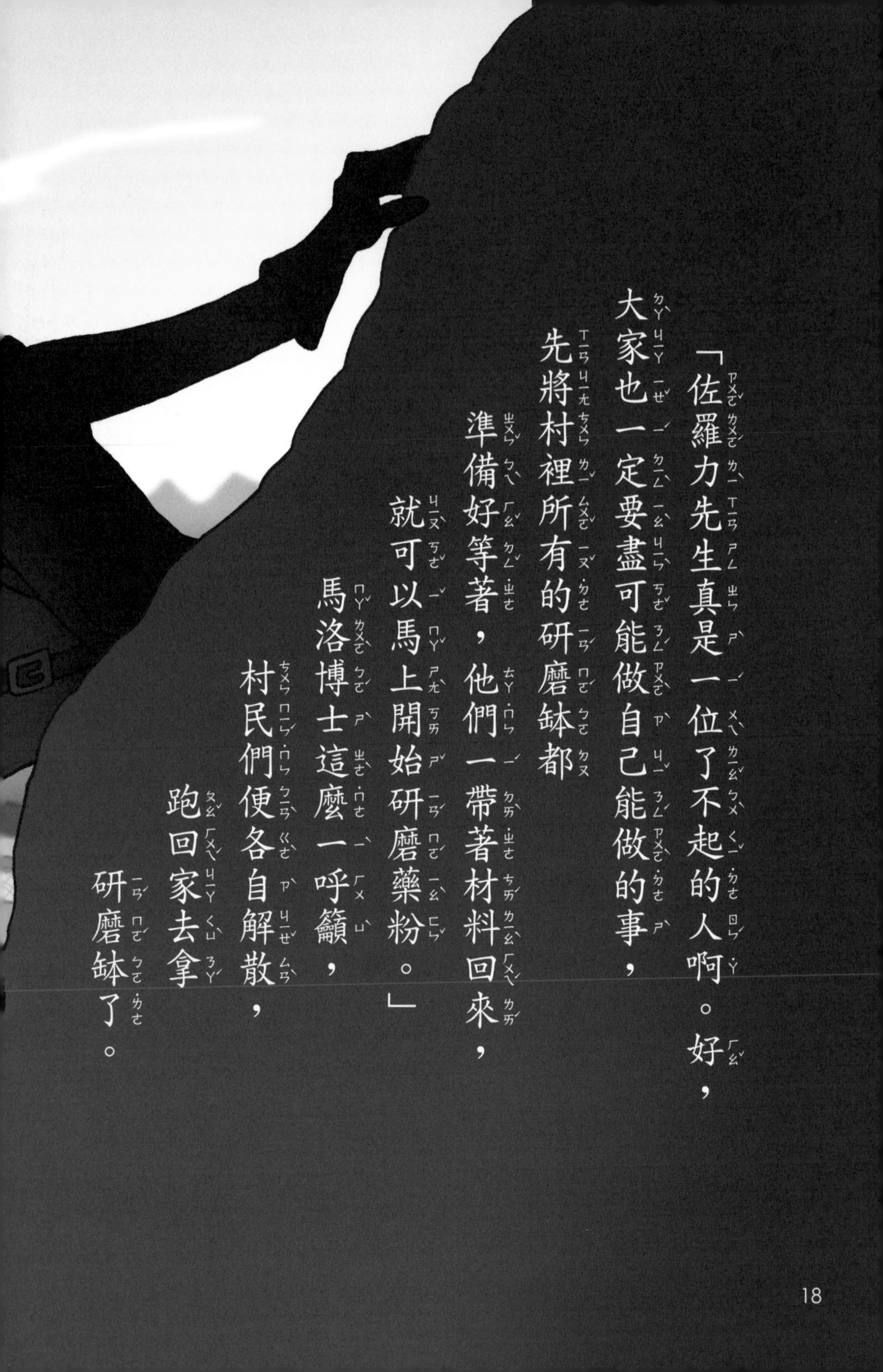

「佐羅力先生真是一位了不起的人啊。好，大家也一定要盡可能做自己能做的事，先將村裡所有的研磨缽都準備好等著，他們一帶著材料回來，就可以馬上開始研磨藥粉。」

馬洛博士這麼一呼籲，村民們便各自解散，跑回家去拿研磨缽了。

在一座略微高起的
小丘上，有個黑色身影
將這情景全看進眼裡。
那是獵寶人索倫多・隆。
他終於要攀上
卡帕魯山尋寶去了。

另一頭，佐羅力他們在阿麗伍絲和魯庫多的帶領下，朝著卡帕魯山的登山口前進。

好不容易，總算到達了卡帕魯山的登山口。

不過，那裡……

由於經年累月，瀑布噴濺的水沫，以及河川水流的侵蝕，僅殘存一條看似就要崩塌的道路通往卡帕魯山口。
嘩嘩嘩嘩
好、好可怕，我有辦法走過去嗎？
只要跟著本大爺，就不會有問題的。別慌，慢慢的跟著我走。
哇——不行，不行啦。腳抖個不停，哪走得了啊。
要相信佐羅力大師啊。
我們兩個會一前一後保護你的。
卡帕魯山路口

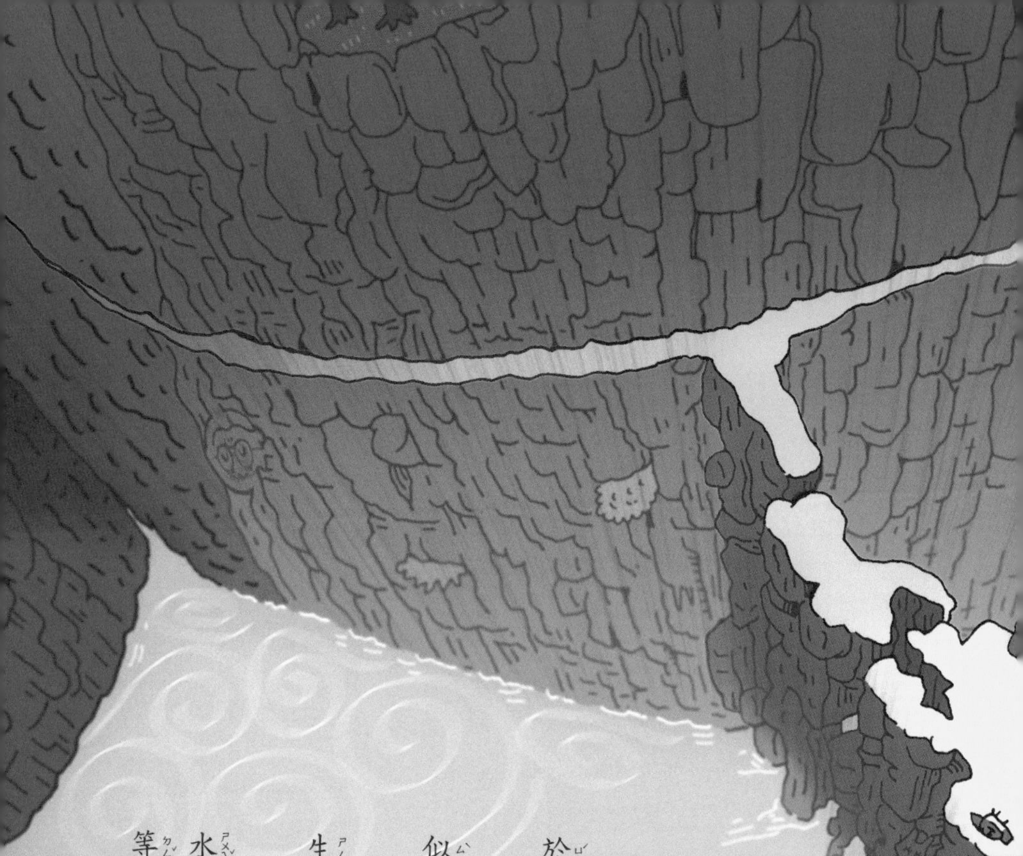

佐羅力想展現自己的勇氣，
於是牽起阿麗伍絲的手，踏出第一步。
路面下方是捲起漩渦的激流，
似乎正等著將大家吞噬。
一旦真的不小心掉下去，
生命可能就不保了。
即使能僥倖存活，也會隨著
水流被帶往卡帕帕村，
等於又回到起點。

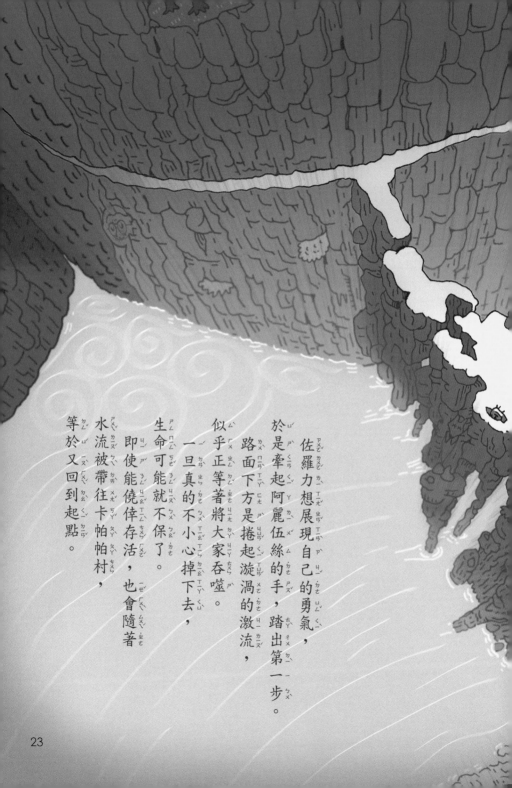

魯庫多退縮不前，伊豬豬只好在後頭推著他，魯豬豬則從前方拉著他。
嘿咿！嘿咿！
哈——哈啾！
碰咚
伊豬豬打了一個非常大的噴嚏，超大衝力衝向了魯庫多的背部。
咚哐
碰哐
由於這番震動，殘破的小路就像骨牌一樣開始崩塌。
哇啊！
喀啦
喀啦

哇—
一陣強風襲來，那股強大的威力幾乎就要將佐羅力他們吹落谷底。
呼
咻
差一點點，阿麗伍絲，加油。
就在這時，
啊！
哇啊！
被往前推的魯庫多和他前方的魯豬豬，一起在小路上暴衝。
天啊。
佐羅力大師——
嗚、嗚哇，沒地方踩啦。
喀啦
喀啦

就在雙腳所踩之處崩落的前一秒，佐羅力和阿麗伍絲一起攀住卡帕魯山狹窄山路的邊緣，佐羅力大聲喊：

魯豬豬飛撲過去，
抓住佐羅力
用力挺直的尾巴。
而魯庫多抓住了
魯豬豬的背部，
伊豬豬則抓住了魯庫多的腳。
佐羅力才這麼一說，
他的尾巴就……

因為一次承受了三個人的體重，實在是太吃力了。

而且，佐羅力所緊抓的那塊岩石，眼看著也要崩塌了。就在這時，

突然吹來一陣風，使得佐羅力身上的披風鼓脹起來，導致他整個人往上浮。他的尾巴也劇烈搖晃著。

抓住尾巴的三個人因為這陣強風，他們也——

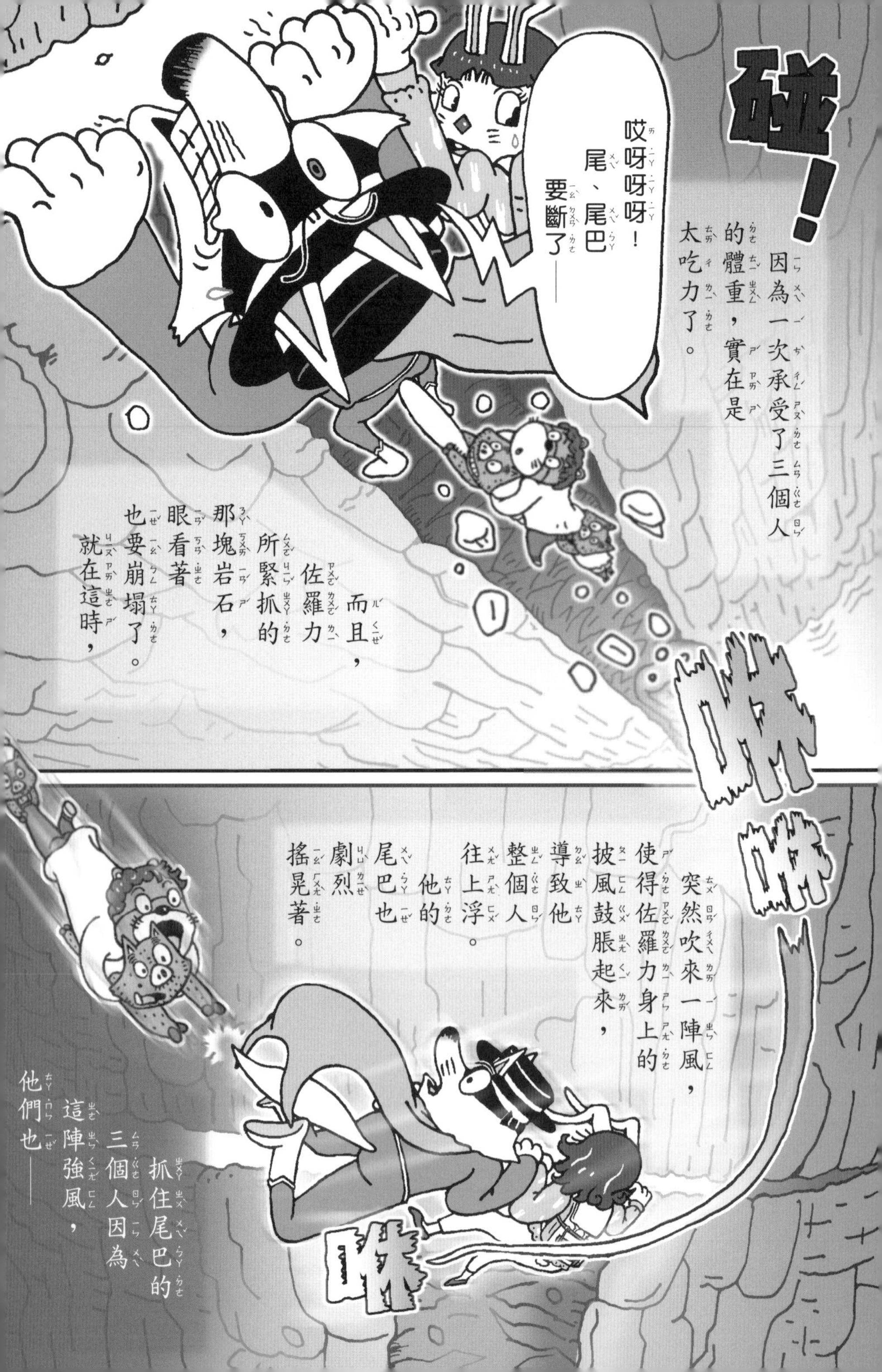
碰！
哎呀呀呀！尾、尾巴要斷了——
咻
咻
咻

像大家所看到的，被往上拋，向卡帕魯山的上方飛去。

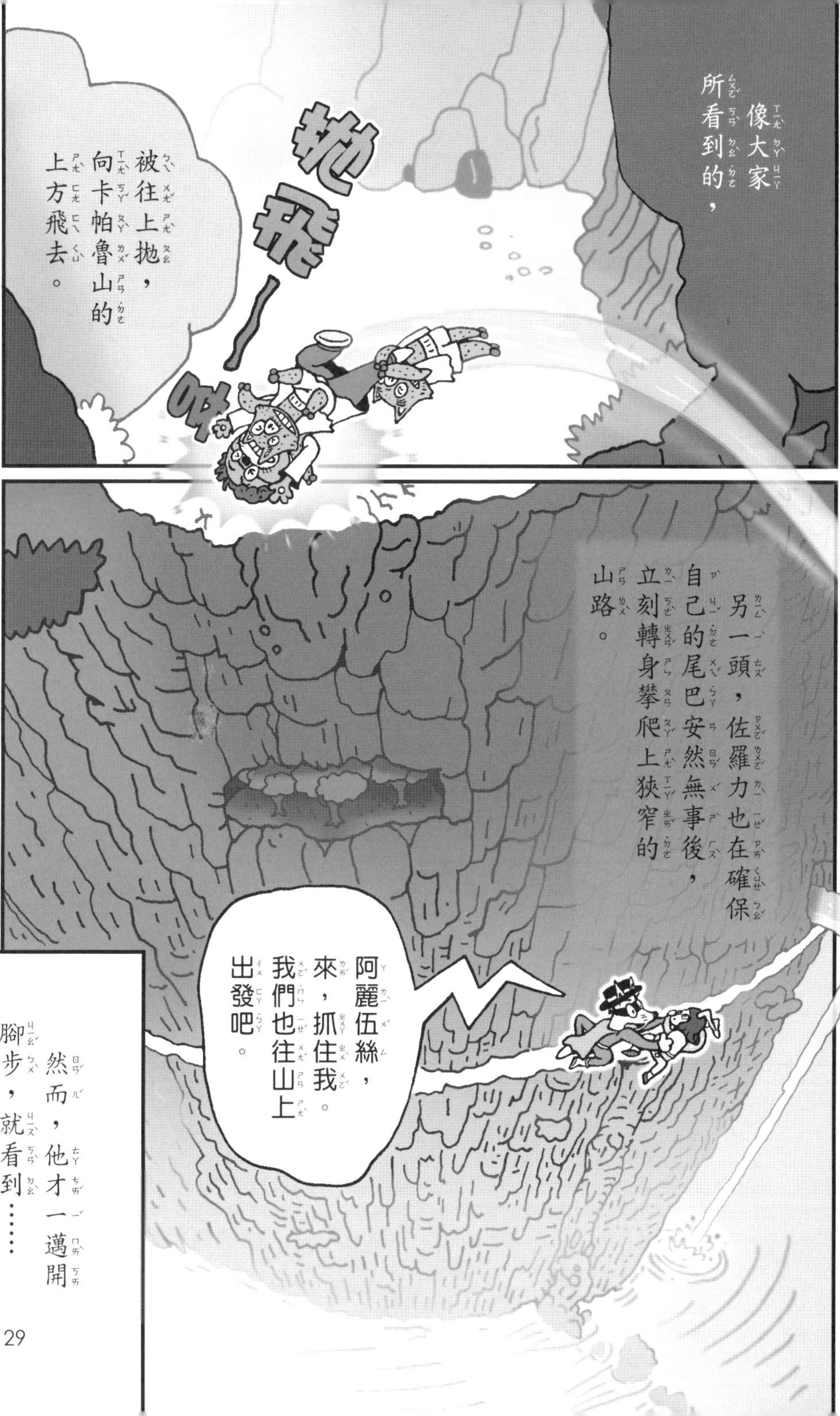
拋飛——咻
阿麗伍絲，來，抓住我。我們也往山上出發吧。

另一頭，佐羅力也在確保自己的尾巴安然無事後，立刻轉身攀爬上狹窄的山路。

然而，他才一邁開腳步，就看到……

雙腳能踩的地方，
比想像中狹窄很多，
只能緊緊貼著山壁，
學螃蟹一小步
一小步的前進。
他們的目的地，
看起來非常、
非常遙遠。

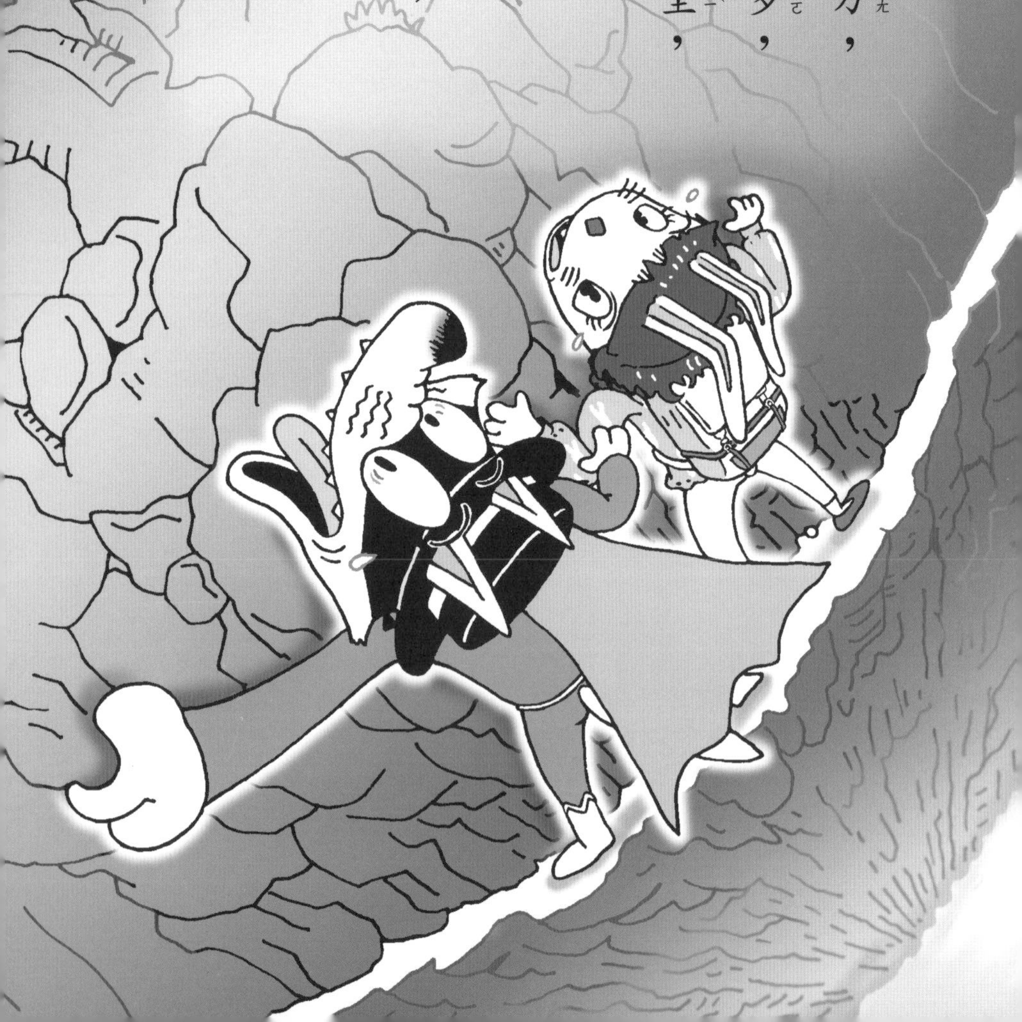

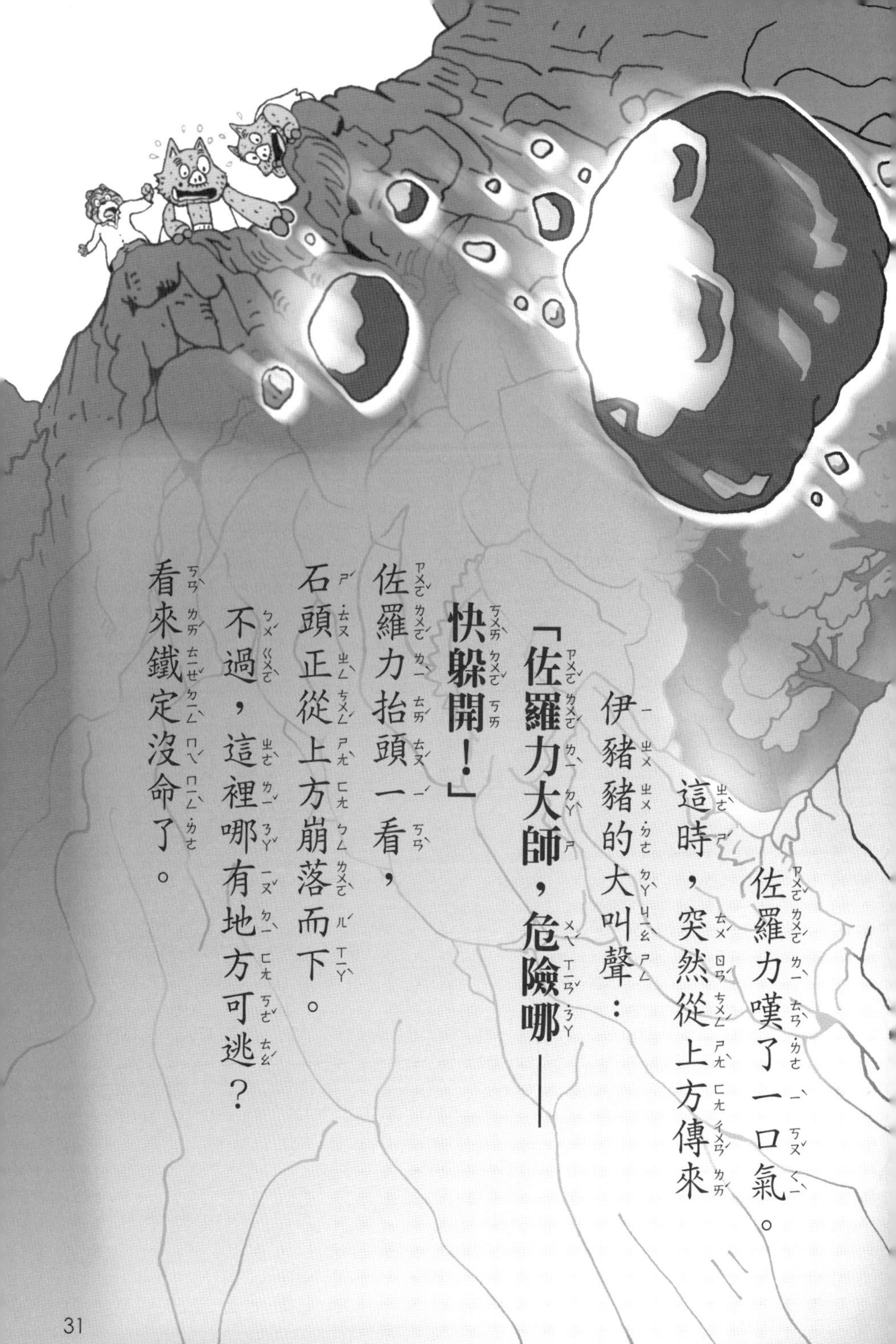

佐羅力嘆了一口氣。

這時，突然從上方傳來

伊豬豬的大叫聲：

「佐羅力大師，危險哪——

快躲開！」

佐羅力抬頭一看，

石頭正從上方崩落而下。

不過，這裡哪有地方可逃？

看來鐵定沒命了。

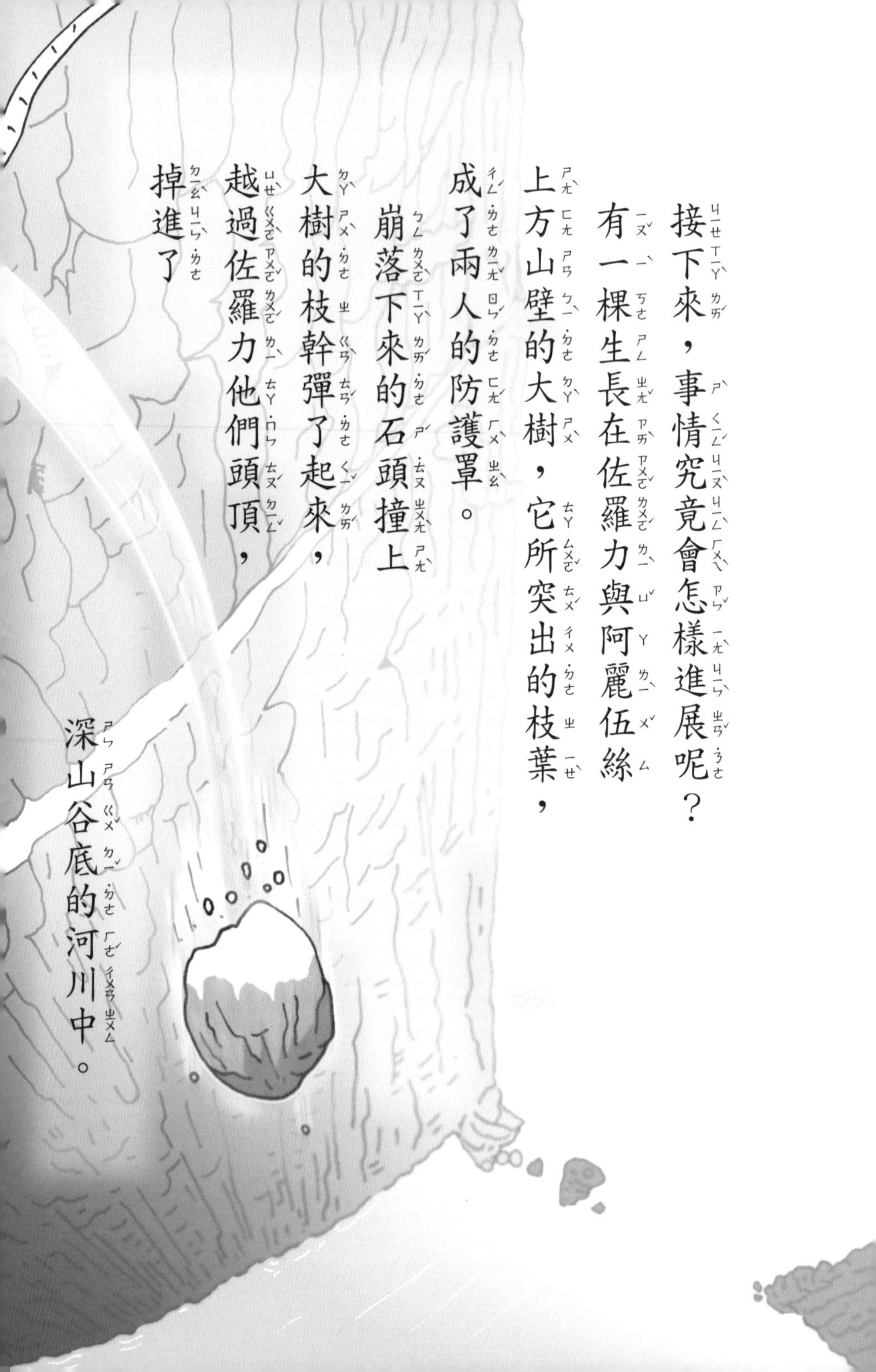

接下來，事情究竟會怎樣進展呢？有一棵生長在佐羅力與阿麗伍絲上方山壁的大樹，它所突出的枝葉，成了兩人的防護罩。

崩落下來的石頭撞上大樹的枝幹彈了起來，越過佐羅力他們頭頂，掉進了深山谷底的河川中。

佐羅力不由得大叫出聲，然而，有這麼巧的事嗎？

不知道從哪裡飛來一架紅色的飛機，從空中拋下繩索，勾住大樹的枝幹，並用力扯了一下。
好棒喔！好運總是跟隨著佐羅力先生。

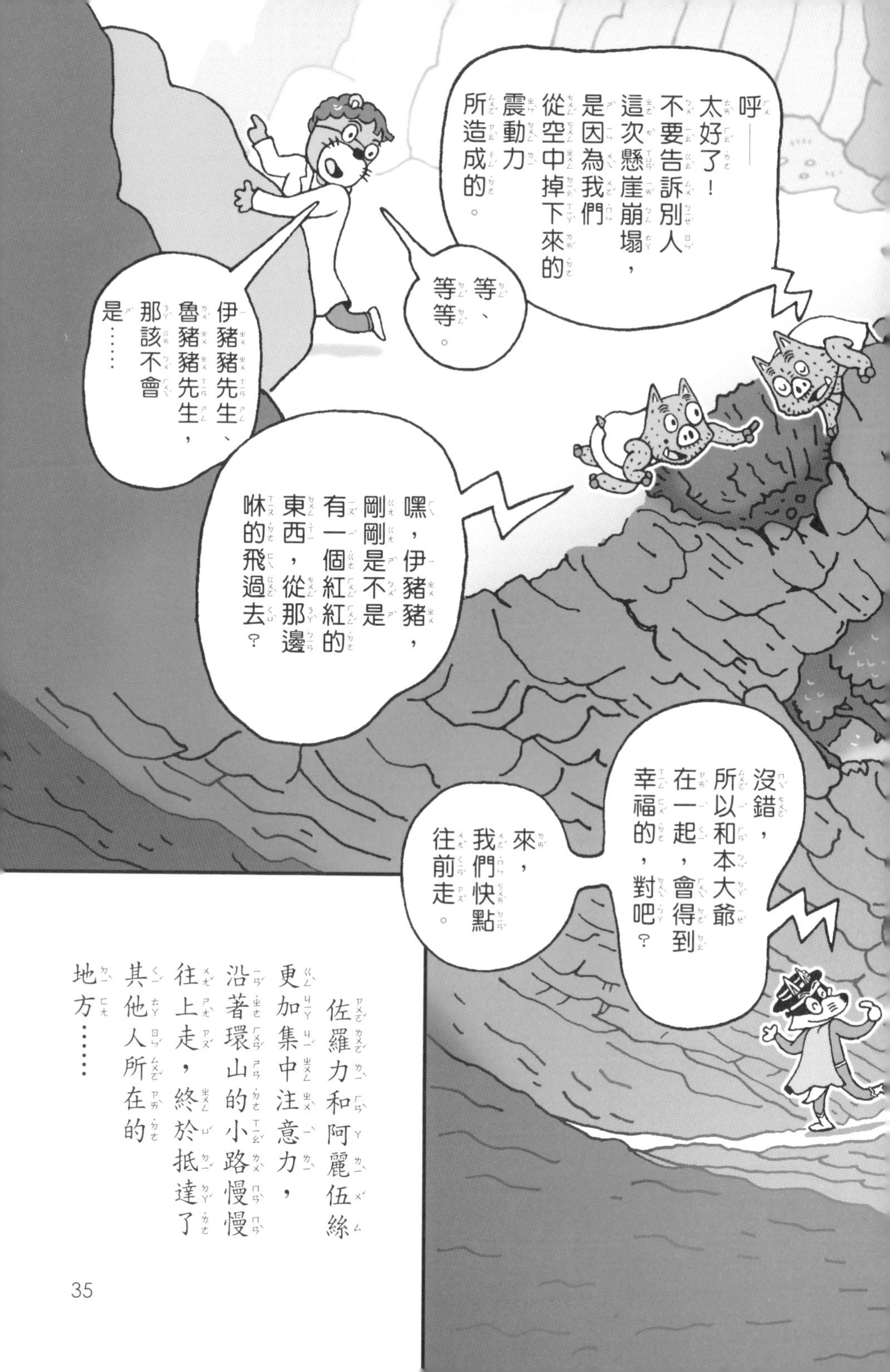
呼——太好了！不要告訴別人這次懸崖崩塌，是因為我們從空中掉下來的震動力所造成的。
等、等等。
伊豬豬先生、魯豬豬先生，那該不會是……
嘿，伊豬豬，剛剛是不是有一個紅紅的東西，從那邊咻的飛過去？
沒錯，所以和本大爺在一起，會得到幸福的，對吧？
來，我們快點往前走。

佐羅力和阿麗伍絲更加集中注意力，沿著環山的小路慢慢往上走，終於抵達了其他人所在的地方……

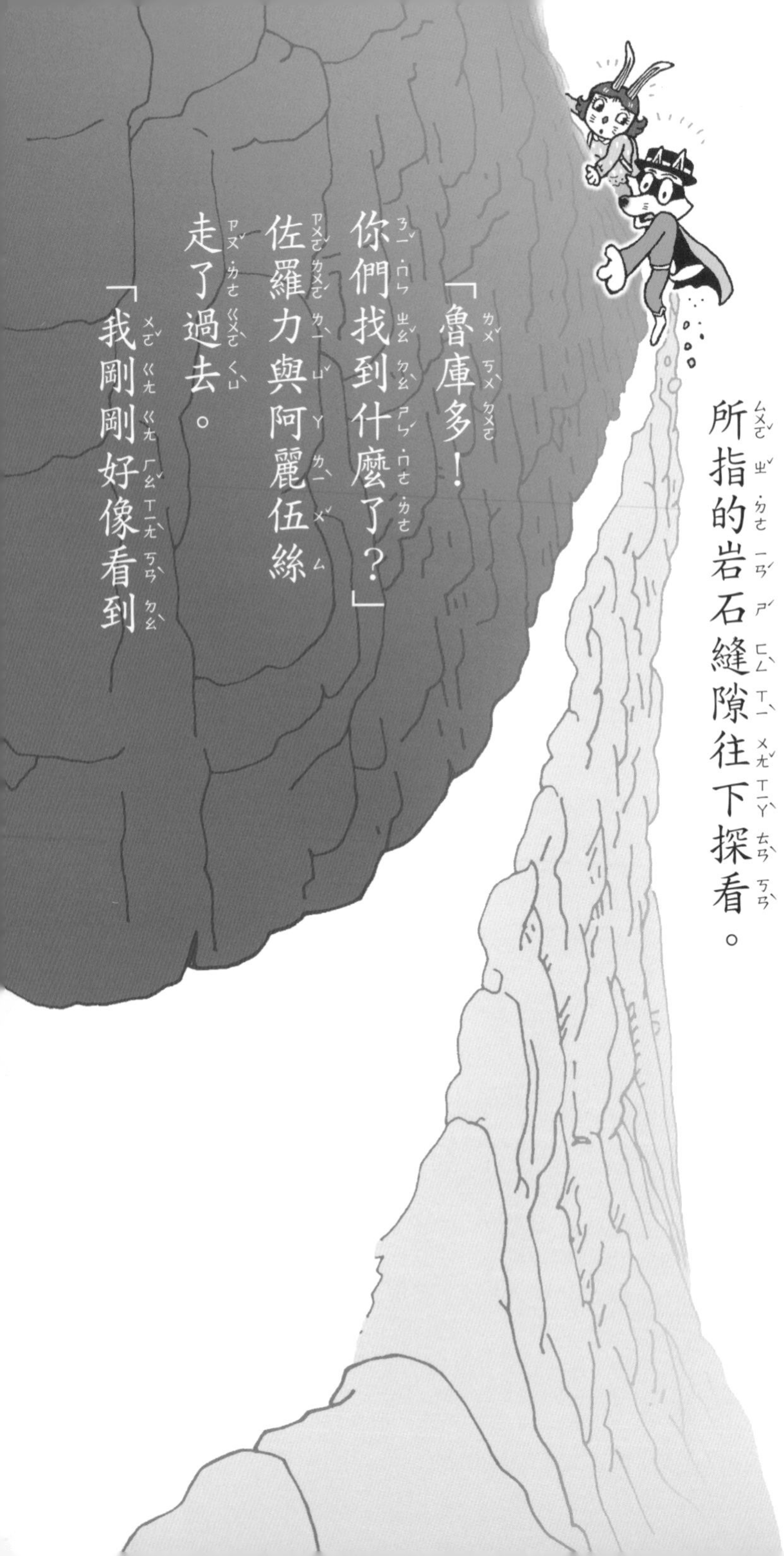

這時，伊豬豬和魯豬豬，正循著魯庫多所指的岩石縫隙往下探看。

「魯庫多！你們找到什麼了？」佐羅力與阿麗伍絲走了過去。

「我剛剛好像看到

會發光的東西。」

「啊，那一定是『光蘚』。」

「嗯，雖然聽到了地下水流動的聲音，表示那裡可能長出苔蘚，不過因為光線太暗，完全看不清楚。」

「好，那就把洞挖大，看個清楚。」

佐羅力說……

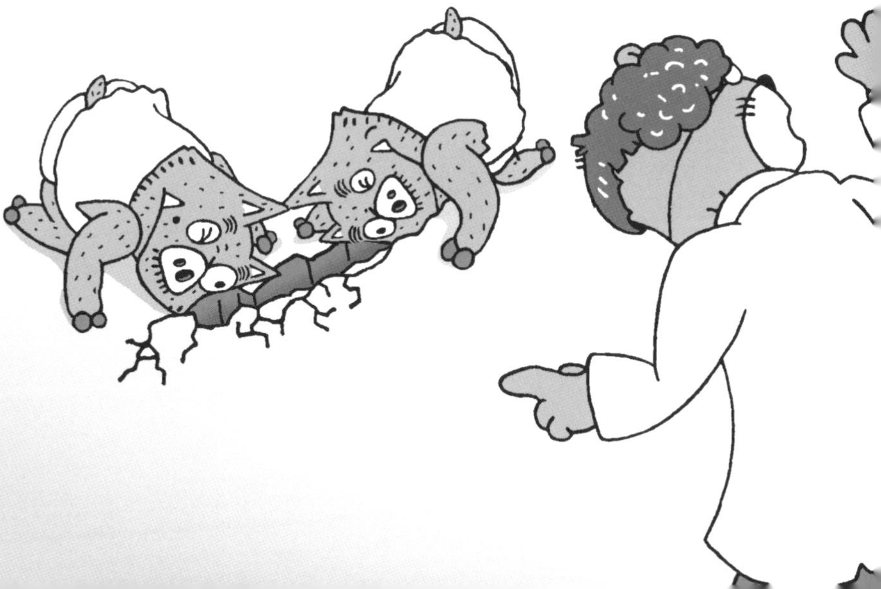

但是，由於之前他們只想著要盡快到達卡帕魯山，所以根本沒有準備任何工具。沒辦法，只好用阿麗伍絲帶來的小鶴嘴鋤和小鐵鍬，鏗鏗哐哐的開始敲打岩石。

然而，想要挖出一個人能進得去的洞，

到底還得花上多少時間呢？魯豬豬朝著後方跑過去，想找找看有沒有能幫得上忙的東西。

沒、沒、沒想到，在懸崖上——

我好像有點感冒了，我覺得額頭燙燙的。

竟然有支電鑽掉在那裡。

今天不知道
為什麼，
運氣真好。
魯豬豬往四周
看了一圈，
「這是別人掉在這裡的東西吧。

借用一下吧。」
魯豬豬說完，拿起電鑽回到佐羅力他們那裡。
當然，這也不是巧合。
索倫多・隆正藏身在這懸崖的不遠處呢；他狡猾的笑了，露出森冷的白牙。

「佐羅力大師，有人掉了這個。我想，是不是應該送去警察局比較好？」

「喔，那不是電鑽嗎？魯豬豬，在這種地方怎麼會有警察局呢？我們稍微借來用用，再放回原本的地方就好了，懂嗎？」

由於一心想將洞挖開、挖大，所以誰也沒察覺到，

從剛剛到現在，實在連續發生太多好事了。

好了，我們開始吧。
佐羅力打開電鑽的開關。
啪嚓
手提式電鑽
喀喀喀喀喀喀喀喀喀喀喀喀喀
喀喀 喀喀 喀 喀 喀 喀

一說到現代文明的利器實在太酷了。才一轉眼，已經鑽出所有人都可以一起進去的大洞。那個大洞窟，在陽光的照射下，的確能看見好像有什麼東西在下方

閃閃發光。

不過，那到底是不是「光蘚」呢？單單只從上方窺伺也無法分辨。

而且，仔細看個清楚，會發現洞窟中間的地方展開了某種東西。那是——

一張超級大的蜘蛛網。

「哇啊——我、我最害怕蜘蛛了，而且還是那麼大隻的蜘蛛。不行，不行，我完全沒辦法！」

魯庫多全身發著抖，轉身準備往後跑。阿麗伍絲抓住他說：「你要堅強一點。除了你之外，

沒人知道怎麼分辨『光蘚』啊。我們一起下去確認看看。」

「不要，不要啊——」

魯庫多逃命似的攀上附近的岩石。

當他抬起頭往上看時，

突然大叫一聲，

而且眼睛瞪得又大又圓。

洞穴後方高聳的岩石山頂端，有一塊巨大的石頭，閃爍著耀眼的紫色光芒。

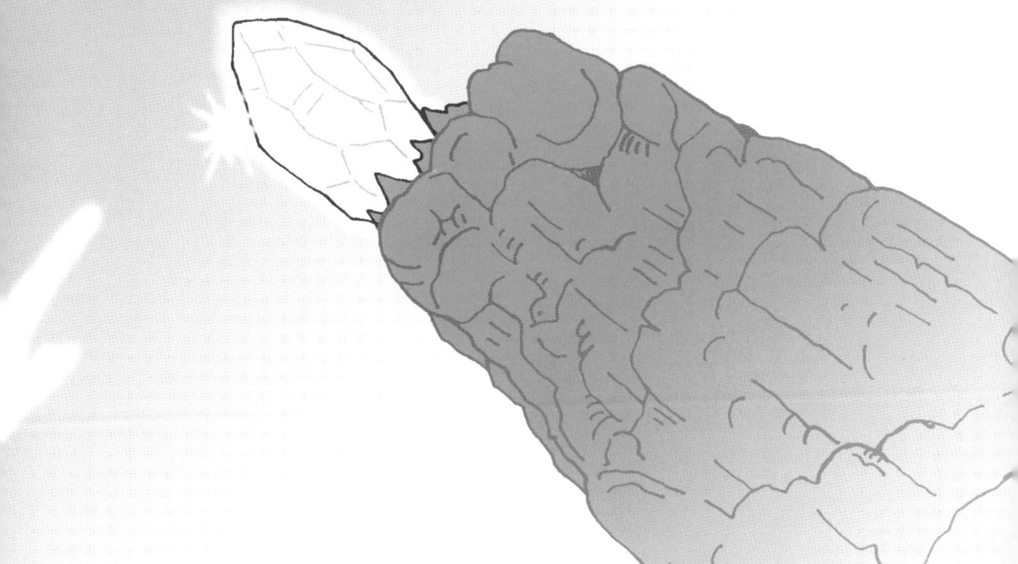

「那好，我們就在這裡兵分兩路，好節省時間。魯庫多和伊豬豬、魯豬豬負責上面的『紫石』。本大爺和阿麗伍絲則往下到洞窟中，摘下所有的『苔蘚』，之後再讓魯庫多辨別哪些才是『光蘚』。這樣好嗎？」

佐羅力一說完，

「來吧，伊豬豬先生、魯豬豬先生，我們快走吧。」魯庫多一心只想遠離有大蜘蛛的洞窟，因此以「紫石」為目標，逃命似的繼續攀登岩石山。

伊豬豬和魯豬豬也拿起電鑽，從後頭追了上去。

這一頭，佐羅力與阿麗伍絲則攀著繩索爬下洞窟。

不用說，他們非常、非常小心的避開了蜘蛛網，免得惹大蜘蛛生氣。

至於在下方等待他們兩人光臨的發光物——

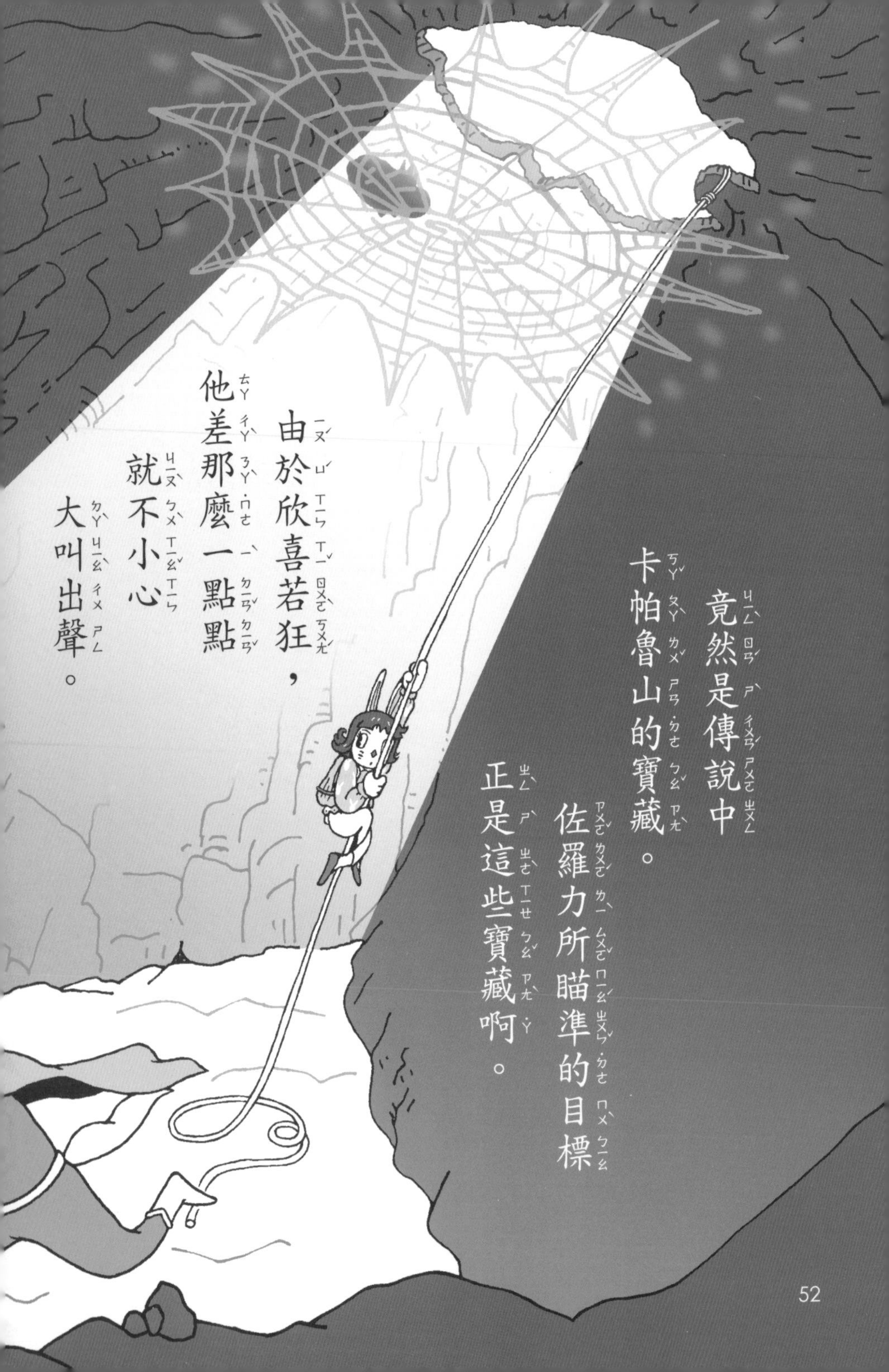

竟然是傳說中
卡帕魯山的寶藏。
佐羅力所瞄準的目標
正是這些寶藏啊。

由於欣喜若狂，
他差那麼一點點
就不小心
大叫出聲。

然而，
阿麗伍絲卻沮喪的說：
「唉，這不是『光蘚』啊。」
佐羅力一聽到阿麗伍絲
說得那些話，不由得
閉上嘴巴。
哎呀，真是辛苦你們了。
這時，上方不知
有什麼東西
垂降而下。
呀喝，這裡竟然有三大箱滿滿的寶藏耶。嘻嘻呵呵。

原來是傳說中的獵寶人——索倫多．隆。
謝謝你們幫我找到寶藏。讓我大大省下開挖岩石的時間哪。
對了，那並不是你們正在尋找的東西喔。

沒錯，這種東西根本完全沒辦法治癒孩子們的怪病，因此，對我們來說根本是一文不值的東西！你說對吧？佐羅力先生。
啊、啊啊，沒錯，阿麗伍絲。
在這種時候，佐羅力也只能這麼回答了。

「那我就不客氣的收下嘍。」

索倫多・隆將三大箱寶藏一起放在他所帶來的木板上，巧妙的以繩索纏繞起來。

「你那麼貪得無厭，偏偏以你的雙手，頂多也只能抱起一箱吧。嘻嘻呵呵。」

佐羅力笑著說。

「我當然不會

那樣做嘍。」

碰咚

索倫多·隆，
將寶藏
用繩子
捆綁成一座小山，
從岩石上
往下用力一踢。

寶藏山在
空中翻滾後往下掉，最後
掉進洞窟底下奔流的地下水。
「哇，你在幹麼！真是太可惜了！」
當佐羅力訝異的往下注視時，
寶藏早已消失得無影無蹤。

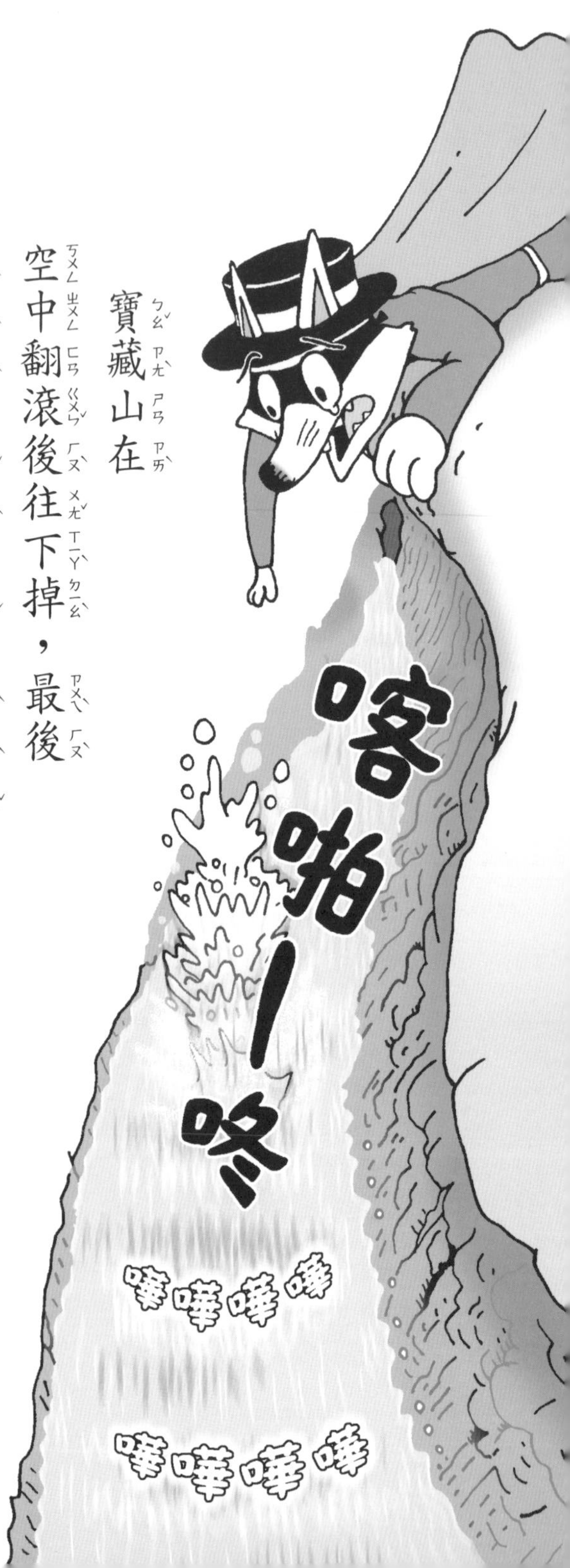

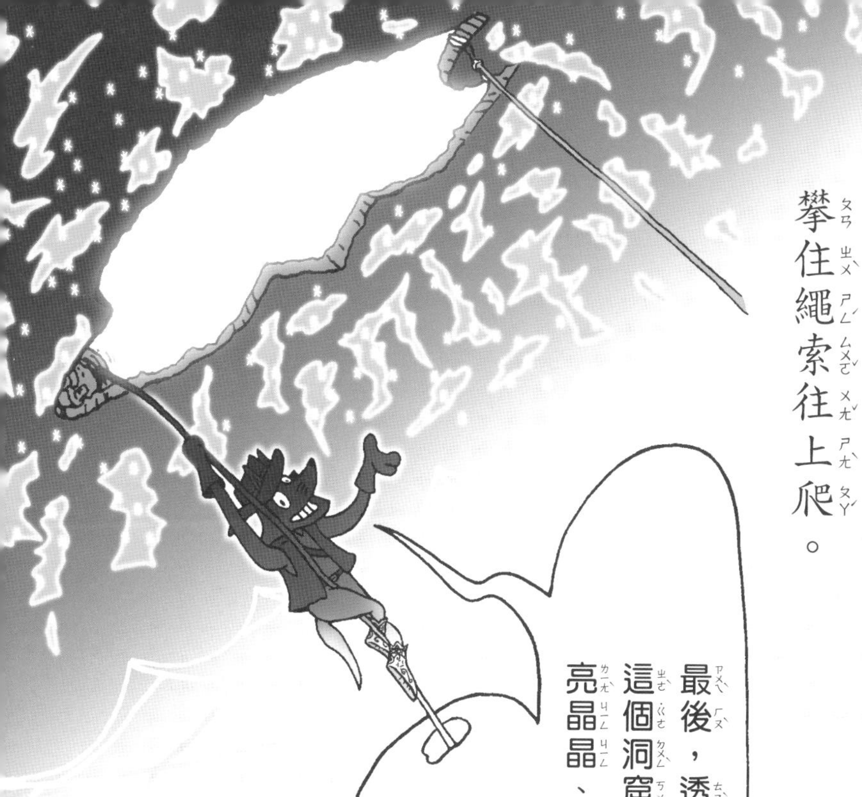

索倫多・隆冷冷的一笑，
攀住繩索往上爬。

最後，透露一件好事讓你們知道吧。
這個洞窟上方的壁頂，長滿了
亮晶晶、閃閃發光的「苔蘚」，
那才是你們正在
尋找的「光蘚」。
那麼，我就先失陪啦。

他留下這些話之後，
便從洞窟中消失了蹤影。

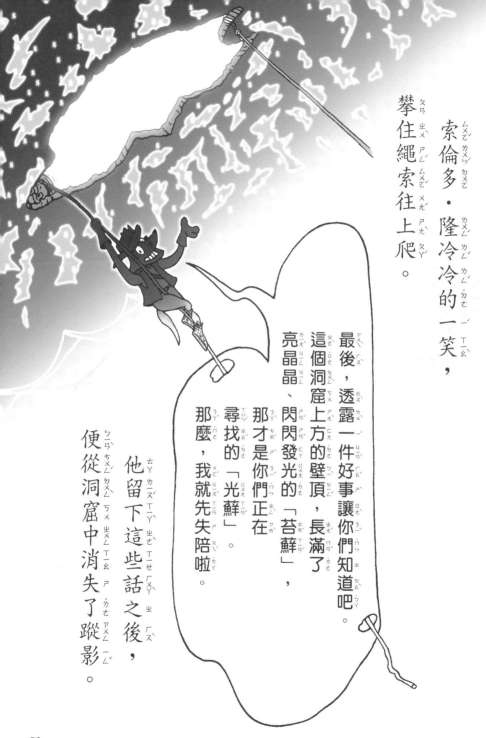

「真是一位好心人。這麼一來，『光蘚』也找到了。我們快點爬上去摘『光蘚』吧。」

阿麗伍絲很心急，佐羅力沒辦法，只好轉身爬上壁頂，以小鐵鍬喀哩喀哩的鏟下閃閃發光的苔蘚，丟入下方阿麗伍絲的背包中。

就在這時，

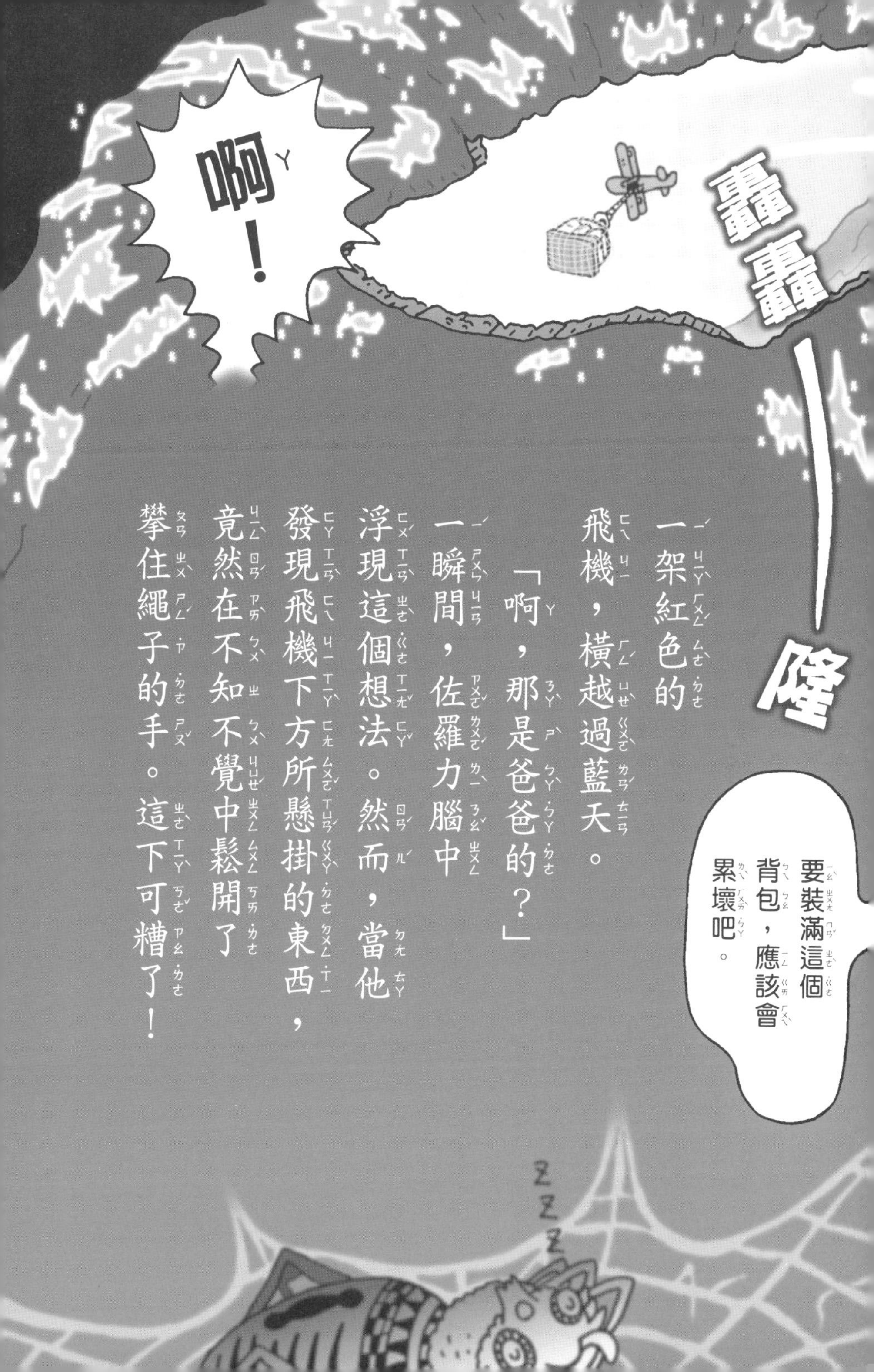
啊！
轟轟——隆
要裝滿這個背包，應該會累壞吧。
ZZZ

一架紅色的飛機，橫越過藍天。

「啊，那是爸爸的？」

一瞬間，佐羅力腦中浮現這個想法。然而，當他發現飛機下方所懸掛的東西，竟然在不知不覺中鬆開了攀住繩子的手。這下可糟了！

阿麗伍絲受到佐羅力的牽連，和他一起跌落蜘蛛網。

「佐羅力先生，你到底被什麼東西嚇到了？」

「紅色的飛機居然吊掛著

先前的三個寶藏箱。那究竟是怎麼弄上去的呢？」

佐羅力一轉頭，看到阿麗伍絲雙眼圓睜，全身發著抖，手指向左方。

是的，大蜘蛛醒來了。佐羅力他們一急，掙扎著要脫離黏住他們的蜘蛛網，卻在轉眼間，被蜘蛛絲一層又一層的纏繞住。

他們兩個看起來，簡直就像與這個季節完全不搭的雪人。

大蜘蛛朝這兩個動彈不得的人

不斷舔著舌頭，一邊向他們靠近。

洞窟裡迴響著阿麗伍絲的尖聲大叫。

這時，岩石上方的伊豬豬和魯豬豬他們，用電鑽費了好大的力氣，總算快要將巨大的「紫石」，從岩石上取下來了。

魯豬豬不經意的往下方一看，連忙對伊豬豬和魯庫多說：

慘了啦，石頭如果掉進下方的洞穴，會把佐羅力大師和阿麗伍絲壓扁的！

儘管這麼提醒著，

但「紫石」

已經搖搖晃晃的，眼看就要和岩石分離了，魯庫多拚了命的頂住它。

他們已經沒有時間好好思考了。

這個時候，

嗚—嗚嗚—嗚

遠遠的，可以看到開往卡帕帕村的貨運列車，朝著這裡行駛而來。

伊豬豬和魯豬豬對看一眼，說：

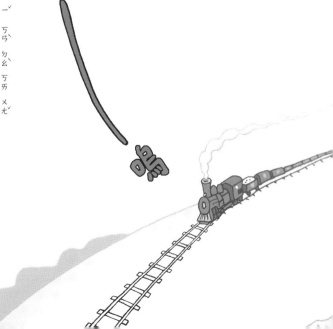

放屁，然後用臭屁將「紫石」噴飛到貨物列車的上面。
魯庫多，你的腦袋好，能不能算出這顆石頭到底該用什麼角度，還有用多大的風，才有辦法吹到那一輛貨物列車上？
我算得出來啊，不過用放屁的方式噴飛石頭，完全不合科學，我不相信做得到。
那，你能想到其他辦法嗎？
嗯，這個……

魯庫多說不出話來。
而且，他頂住石頭的雙手也已經麻掉了。
好，我知道了。現在來說的話，在這個位置，以四十五度的角度，用八十二台大型電風扇的風量吹過去，應該能飛到列車上。可是，用臭屁……
咚咚咚咚
他的話還沒說完——

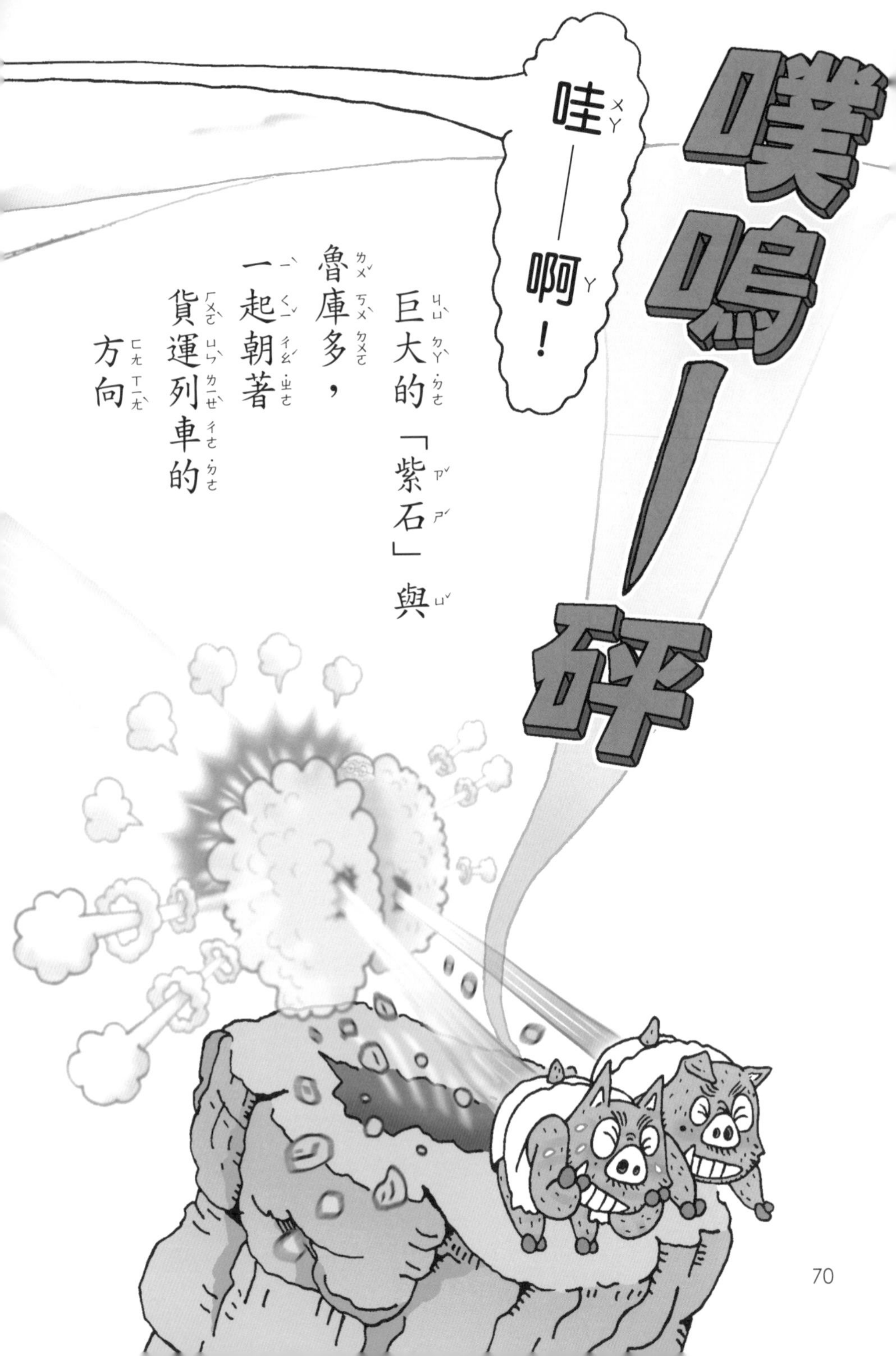
噗嗚——砰
哇——啊！
巨大的「紫石」與魯庫多，一起朝著貨運列車的方向

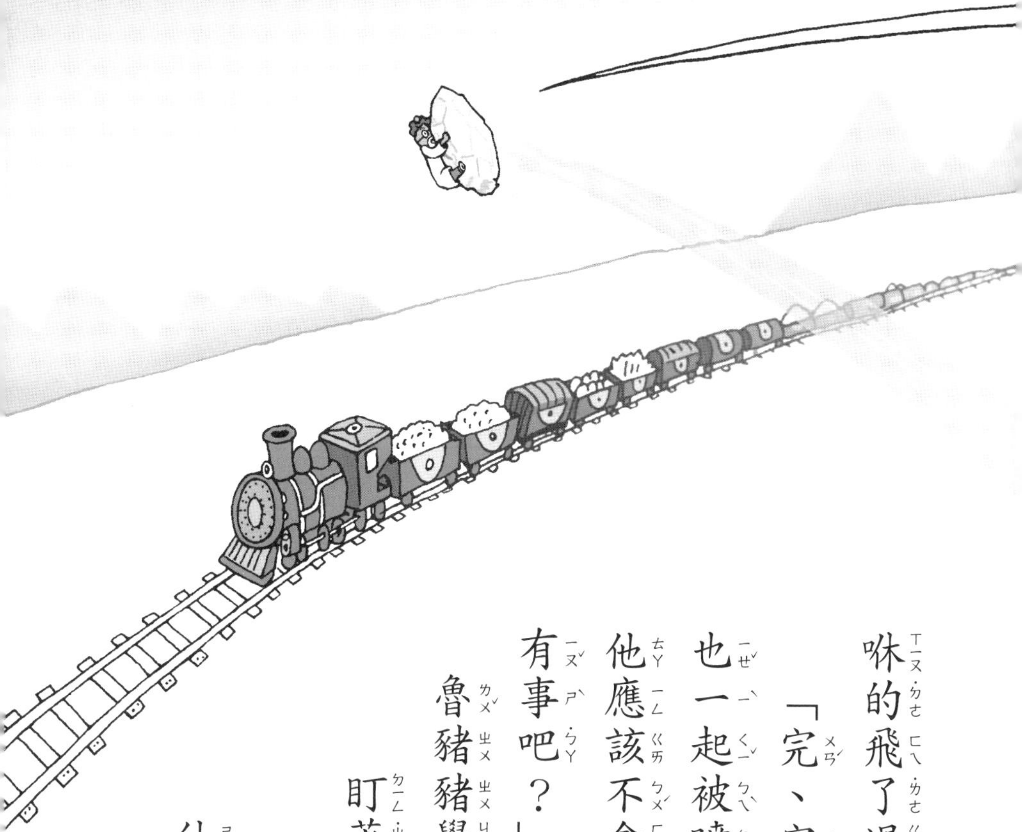

咻的飛了過去。

「完、完蛋了。魯庫多
也一起被噴飛了，
他應該不會
有事吧？」

魯豬豬覺得有點不安，
盯著伊豬豬的臉看。

結果，發、發生了
什麼事呢……

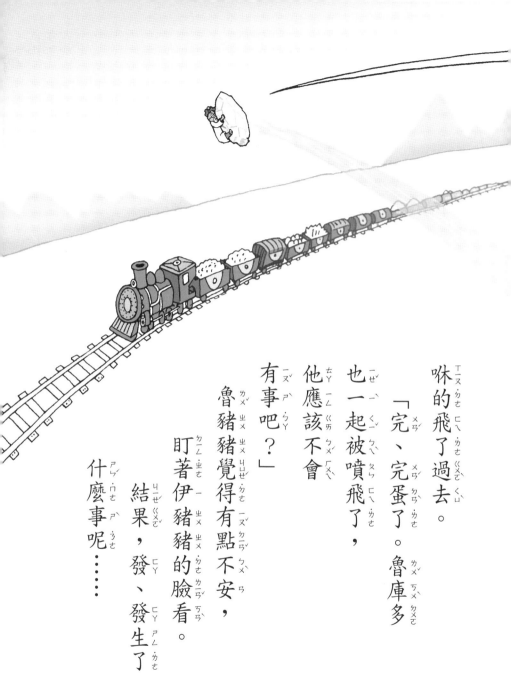

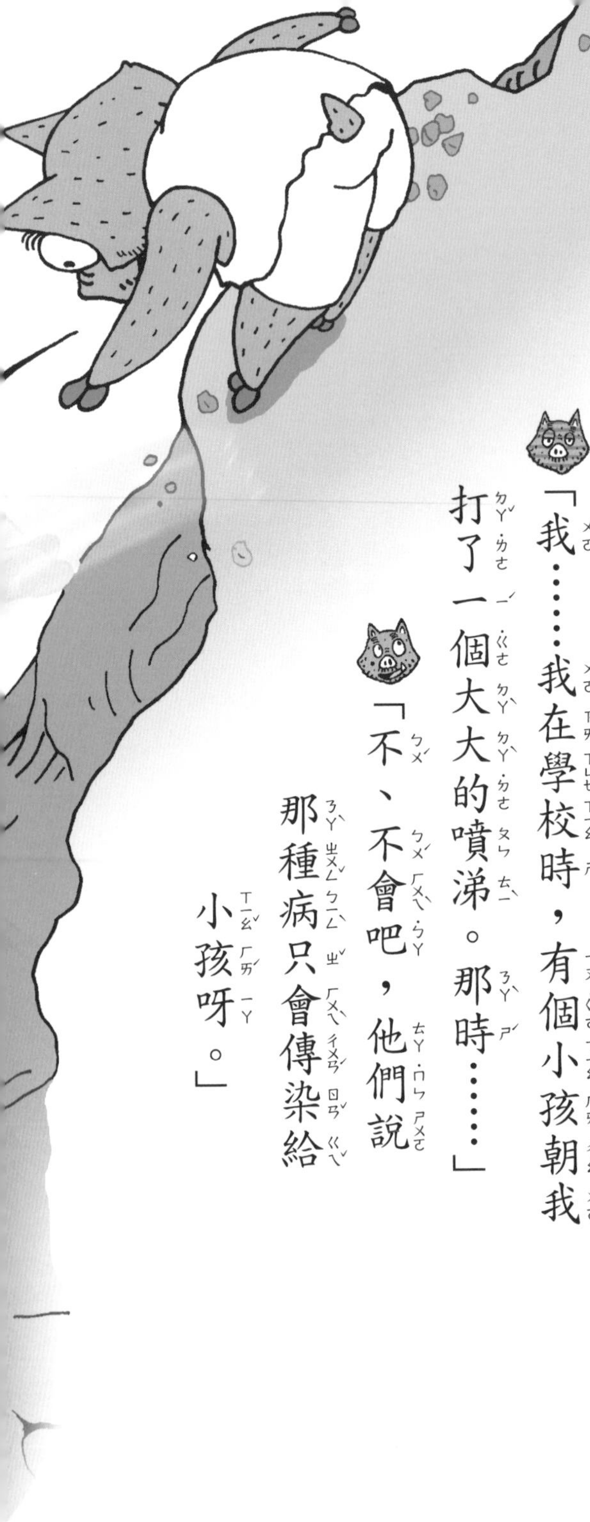

伊豬豬的臉和身體，
竟浮現出淡淡的
條紋圖案。

「我……我在學校時，有個小孩朝我
打了一個大大的噴涕。那時……」

「不、不會吧，他們說
那種病只會傳染給
小孩呀。」

「啊，對吼。

我是大人呀，

那為什麼……。」

伊豬豬開始神智不清，

搖搖晃晃的

站也站不穩，

最後整個人往後倒栽蔥的

摔了下去。

就在這時——

在下方的大蜘蛛正張大嘴巴，要將佐羅力與阿麗伍絲他們兩個吞下肚。

這時，昏過去的伊豬豬

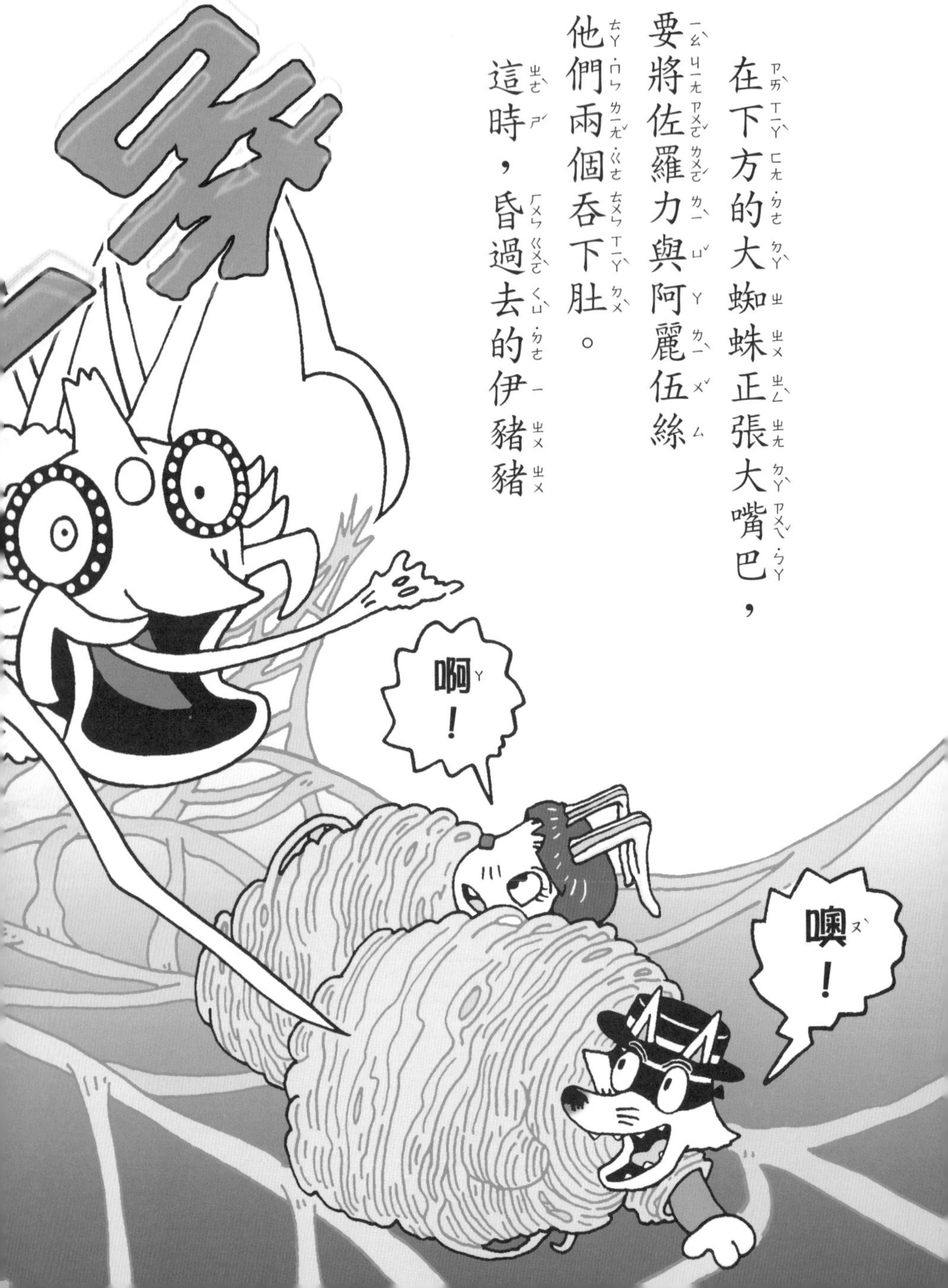

正好掉落在
大蜘蛛的
背上。
於是——

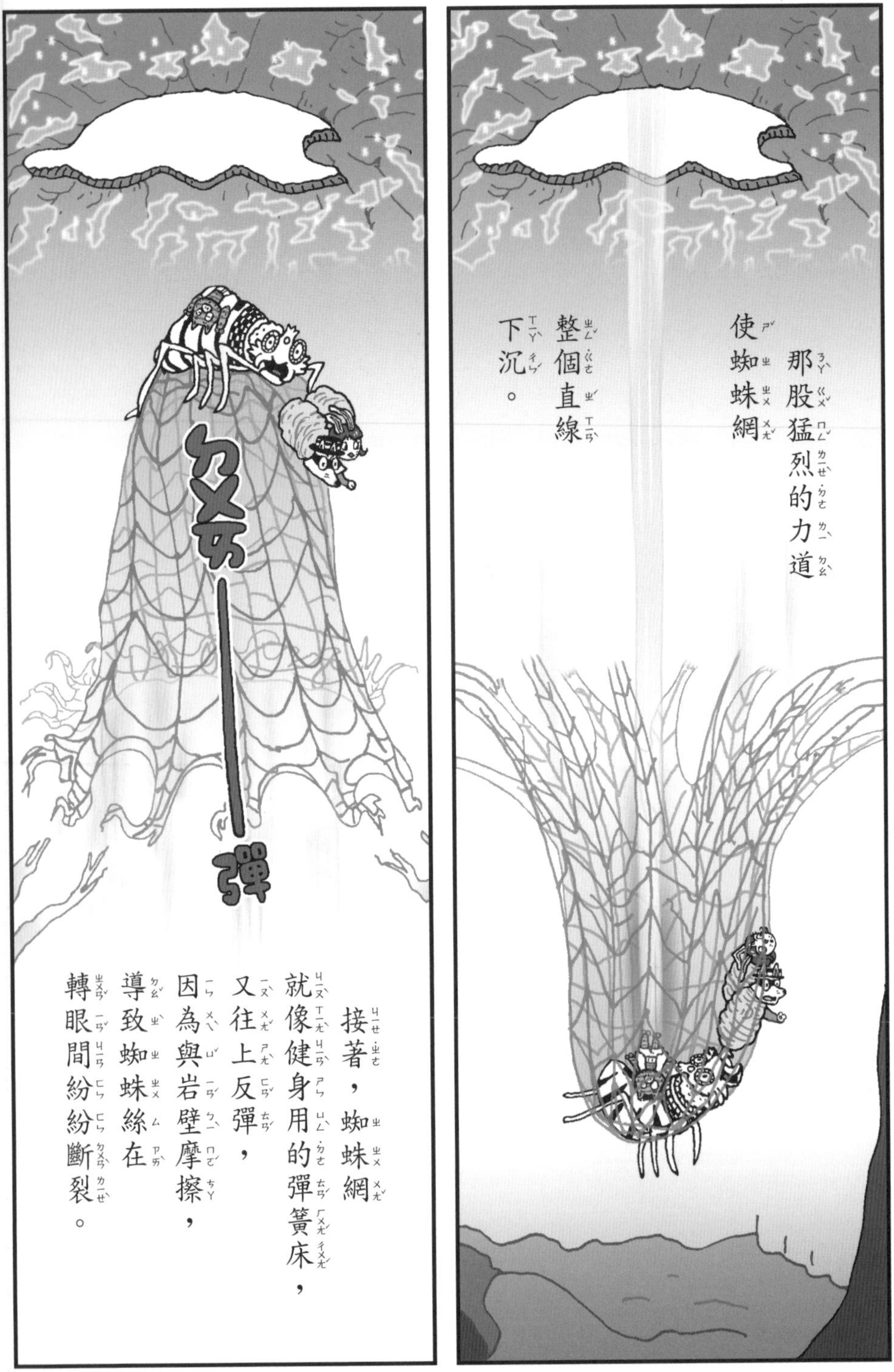
那股猛烈的力道使蜘蛛網整個直線下沉。
ㄉㄨㄞ—彈
接著，蜘蛛網就像健身用的彈簧床，又往上反彈，因為與岩壁摩擦，導致蜘蛛絲在轉眼間紛紛斷裂。

斷裂後的
蜘蛛網

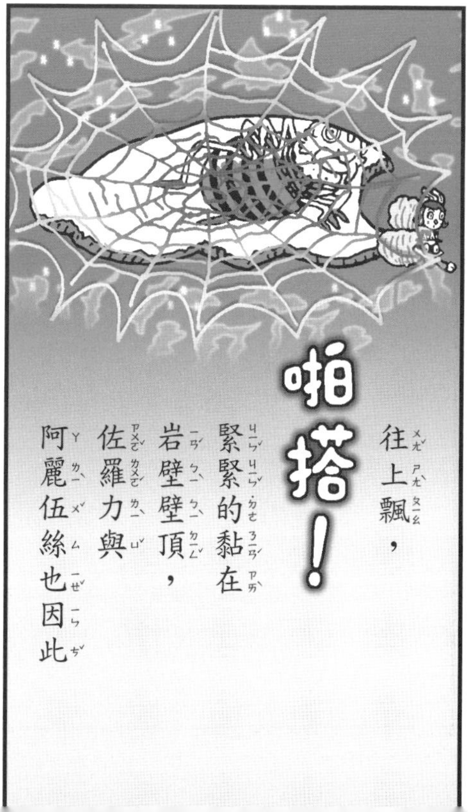
往上飄，
啪搭！
緊緊的黏在
岩壁壁頂，
佐羅力與
阿麗伍絲也因此

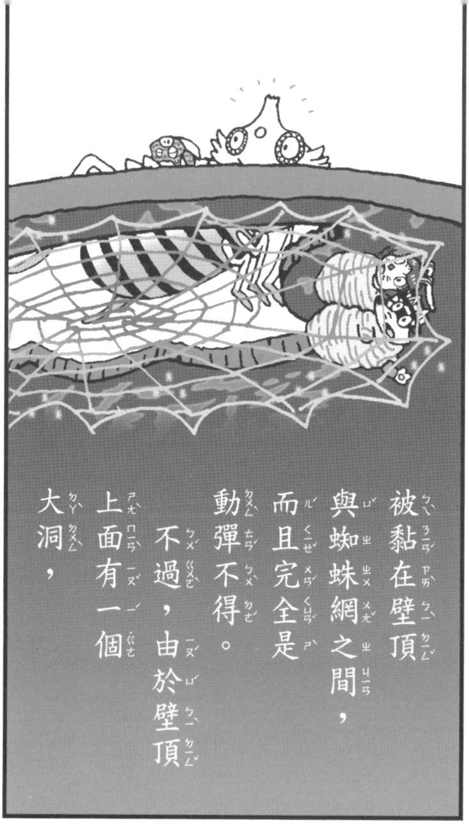
被黏在壁頂
與蜘蛛網之間，
而且完全是
動彈不得。
不過，由於壁頂
上面有一個
大洞，

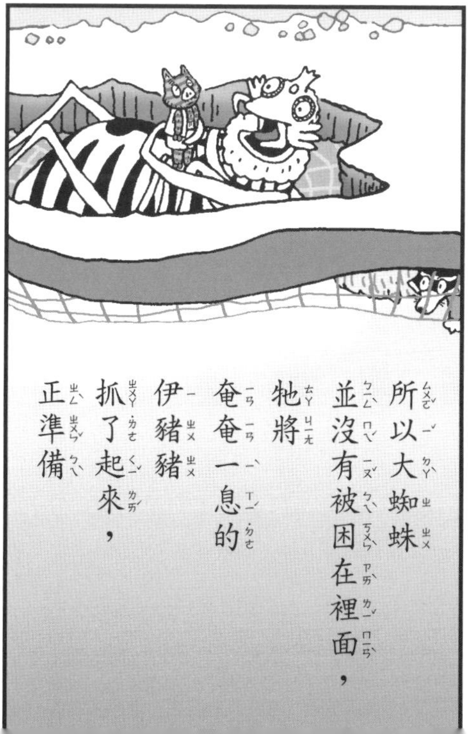
所以大蜘蛛
並沒有被困在裡面，
牠將
奄奄一息的
伊豬豬
抓了起來，
正準備

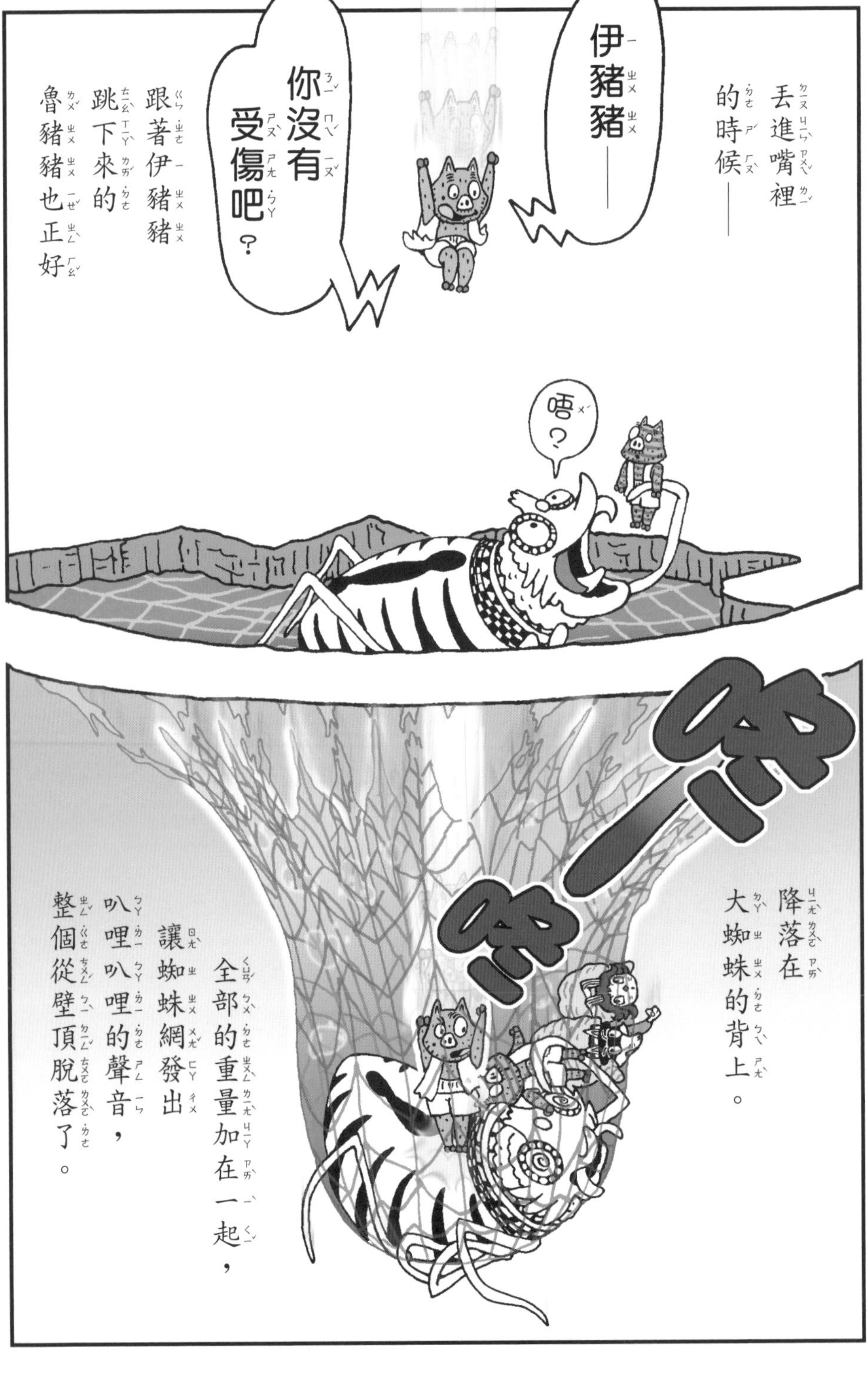
丟進嘴裡的時候——
伊豬豬——
你沒有受傷吧？
跟著伊豬豬跳下來的魯豬豬也正好
唔？
降落在大蜘蛛的背上。
全部的重量加在一起，讓蜘蛛網發出叭哩叭哩的聲音，整個從壁頂脫落了。

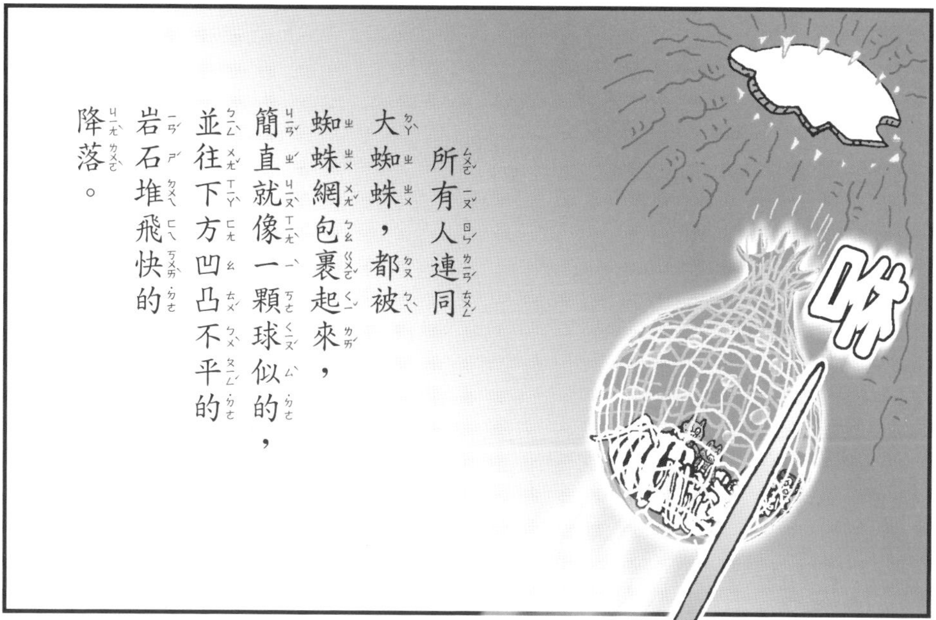
咻
所有人連同大蜘蛛，都被蜘蛛網包裹起來，簡直就像一顆球似的，並往下方凹凸不平的岩石堆飛快的降落。

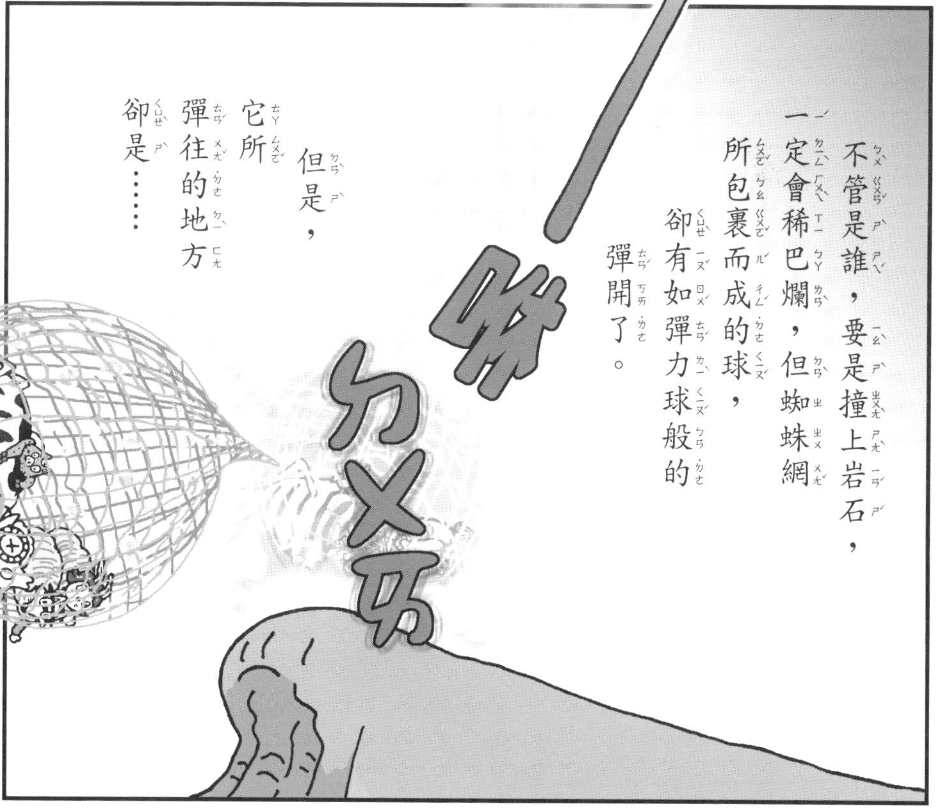
不管是誰，要是撞上岩石，一定會稀巴爛，但蜘蛛網所包裹而成的球，卻有如彈力球般的彈開了。
咻
ㄉㄨㄞ
但是，它所彈往的地方卻是……

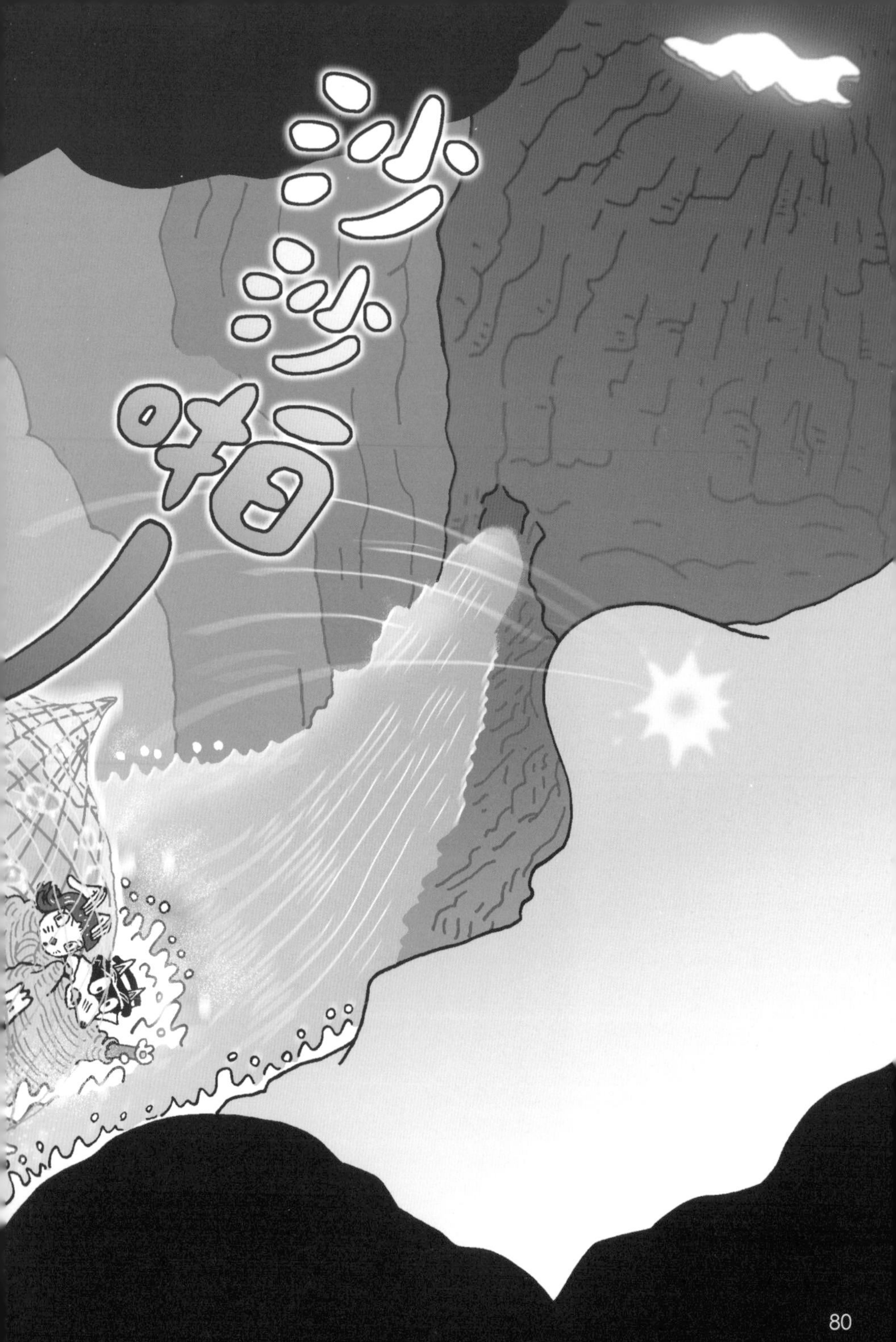
沙沙

獵寶人索倫多・隆先前將寶藏一腳踢下去的地下水流。

那股水流比想像中還要湍急許多，

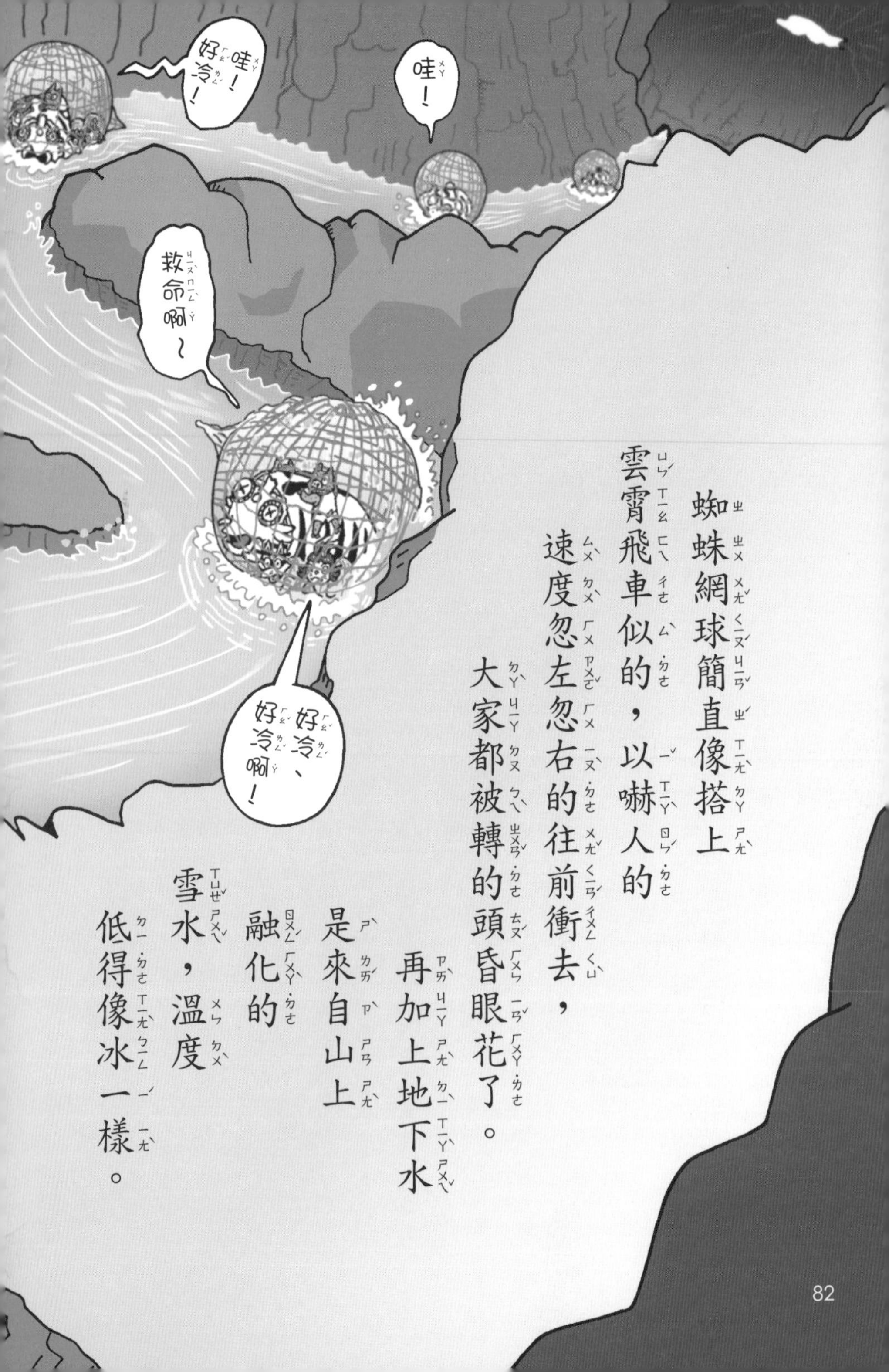

蜘蛛網球簡直像搭上雲霄飛車似的，以嚇人的速度忽左忽右的往前衝去，大家都被轉的頭昏眼花了。

再加上地下水是來自山上融化的雪水，溫度低得像冰一樣。

轉眼間，大家的身體都凍僵了，如果再這樣下去，是會凍死的。正當他們打算放棄的時候，水流前方出現了亮光。

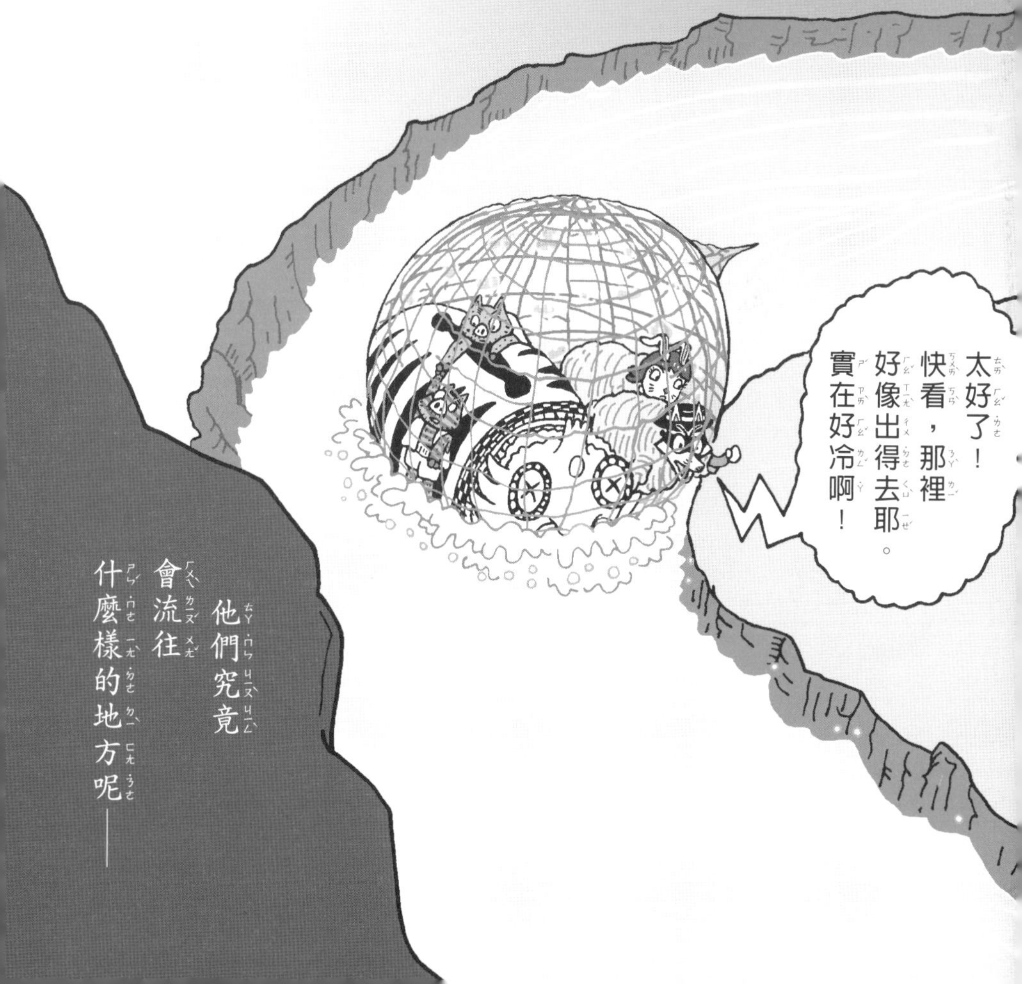
渾身發抖
太好了！快看，那裡好像出得去耶。實在好冷啊！

他們究竟會流往什麼樣的地方呢——

啊，對了！
噗嗚—咻
沙沙
咚
由於有大蜘蛛當做緩衝物，從這麼高的瀑布掉下去，大家都沒受傷。
得救了，掉進河川中，就沒那麼冷了。

原來是瀑布。

先前他們要從小路通往卡帕魯山時，曾看到前方有一道瀑布。蜘蛛網球就是從那飛衝下來的。

佐羅力的疑惑也突然解開了。

雖然索倫多·隆，將卡帕魯山的寶藏踢落到地下水流，但他很清楚寶藏會流到這道瀑布，所以便等在這兒，用飛機所垂降下來的鉤子勾住，寶藏因而到手。原來是這樣啊。
到手啦！
轟轟——隆
先前看到這條河時，覺得它的水流好急，但與地下水流一比，才覺得那真是小巫見大巫。

就在佐羅力解開疑惑時，蜘蛛網球包裹著大家，隨著河川的水順流而去。

這麼一來，便沒什麼好擔心的了，因為這條河川將流經卡帕帕村。

眼巴巴等著佐羅力他們回來的村民，發現河川上漂過來的蜘蛛網球，嚇了一大跳，急急忙忙將他們救上岸，送到馬洛博士那兒。
辛苦你們了，蜘蛛絲的上頭黏了很多「光蘚」，光有這些量就足夠了。
那些應該是蜘蛛網從壁頂上脫落時黏住的吧。太好了、太好了。
好棒啊，佐羅力先生總是能讓奇蹟發生。

好，接下來就交給我吧。另外還有一樣材料「紫石」現在在哪裡呢？
啊，哎呀，魯庫多！「紫石」……我把魯庫多給忘了！
咦？你剛剛說什麼！
博士，為什麼伊豬豬會感染條紋病呢？請快點把藥製作出來，治好他的病。

捨不得與魯庫多分開的女孩聽到魯豬豬的話衝了出來。

「喂，魯庫多在哪裡？到底在哪裡啊？」

「嗯，那個……我只記得我們把他和『紫石』一起用臭屁噴飛了出去，之後就……」

當時，魯豬豬只顧著擔心伊豬豬的病況，完全沒看到魯庫多飛往哪裡去了。

「用臭屁噴飛！太過分了，太過分了。把魯庫多還給我，嗚哇——」女孩一邊捶打著魯豬豬，一邊放聲大哭。

這時，

一輛貨物列車
正緩緩開進了
學校前面
的車站。

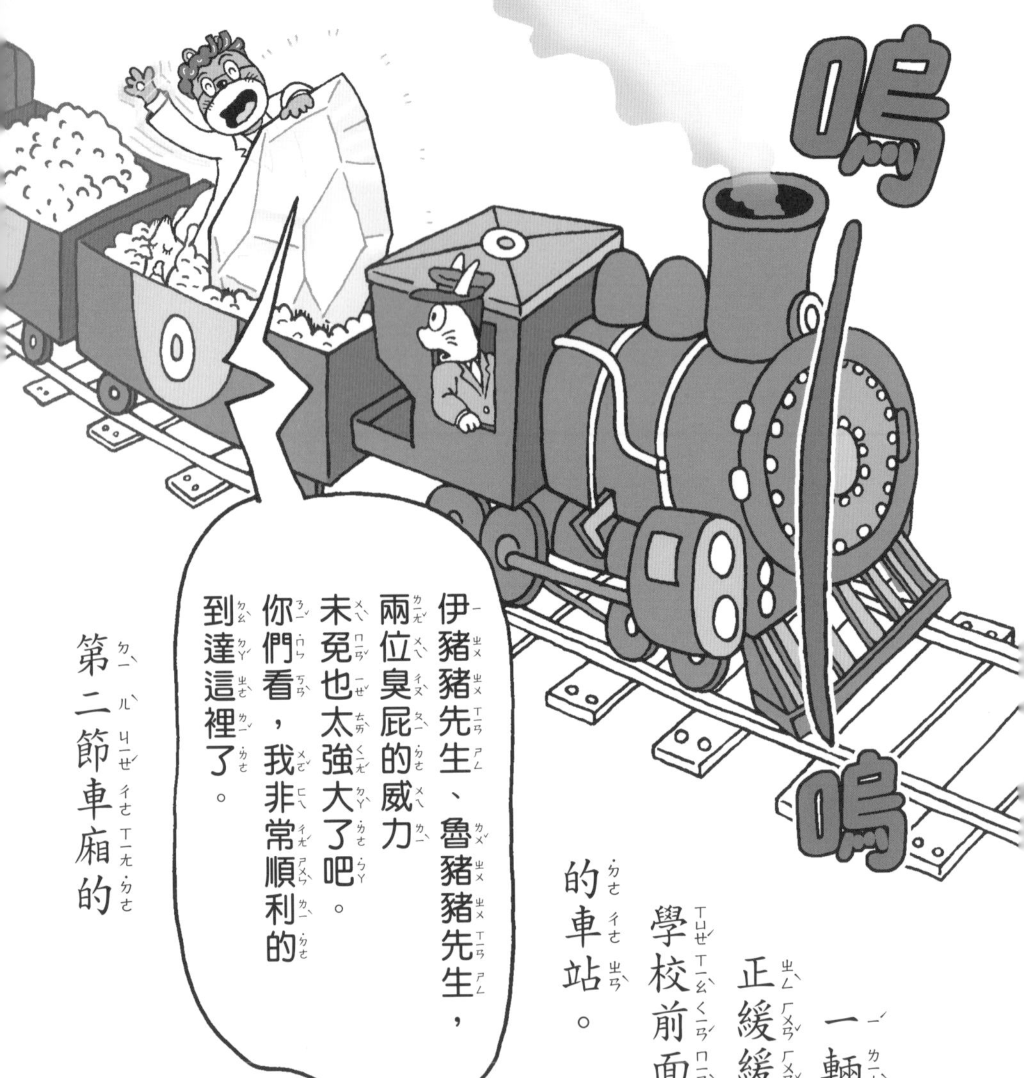

嗚
嗚
伊豬豬先生、魯豬豬先生，兩位臭屁的威力未免也太強大了吧。你們看，我非常順利的到達這裡了。

第二節車廂的

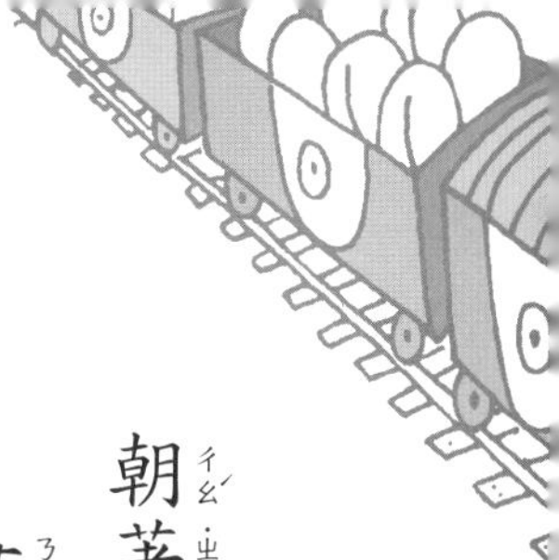

「紫石」旁，魯庫多正朝著大家用力揮手。

女孩看到這情景，急忙奔向魯庫多的身邊。

「對不起，讓你擔心了。」

魯庫多緊緊的抱住女孩。

然而，他們並沒有時間沉浸在令人感動的重逢中。

兩種材料都已經備齊。

那麼，就得儘早發動村民開始將材料磨成粉，製作成給孩子們服用的藥。

然而，儘管村民們都聚集在一起，卻連一組磨粉的工具都沒有看到。

「喂，這是怎麼一回事？

不是說好你們會準備好研磨缽的嗎？」

佐羅力脹紅了臉，發起火來：

「對啊，不是講好大家分工合作，把藥製好的嗎？」

馬洛博士走近他們，說：

「已經不需要研磨缽了。」

馬洛博士讓他們看了……

兩台機器。

馬洛博士將「光蘚」與「紫石」分別放進機器中。

一轉眼，「光蘚」和「紫石」都被磨成了粉末。

「原來如此，是我們在找材料時，博士所製造出來的嗎？」

佐羅力滿心佩服的說著，

馬洛博士卻搖搖頭。

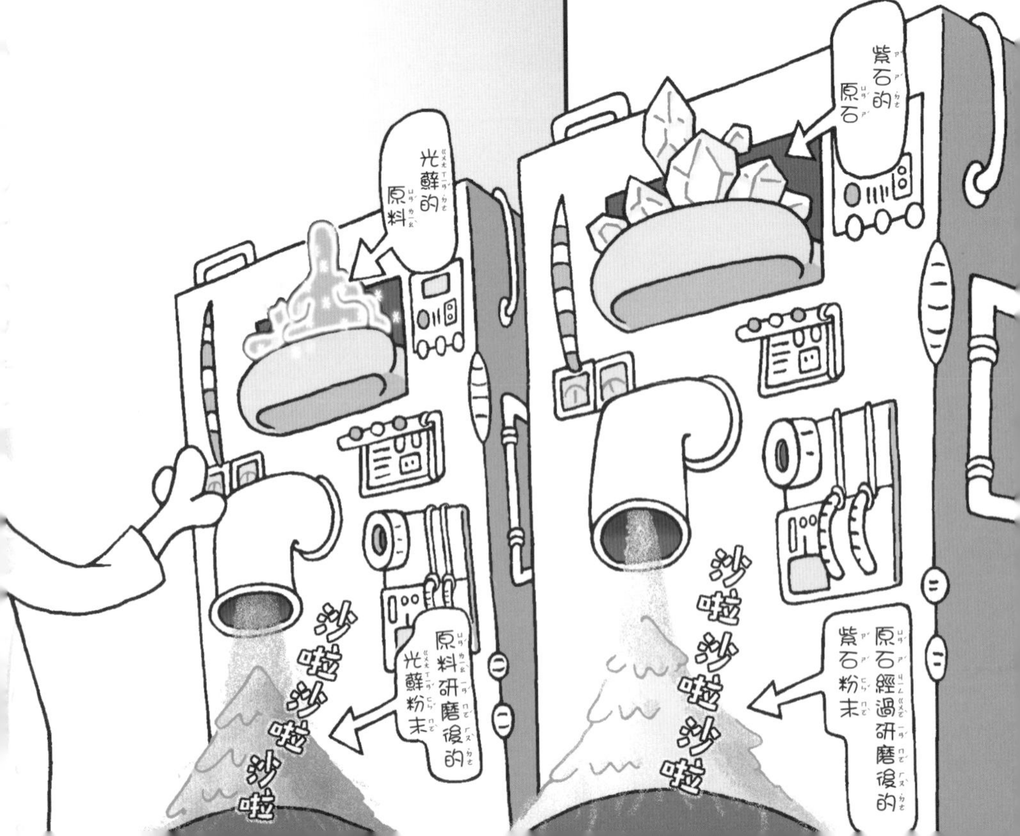
紫石的原石
原石經過研磨後的紫石粉末
沙啦沙啦沙啦
光蘚的原料
原料研磨後的光蘚粉末
沙啦沙啦沙啦

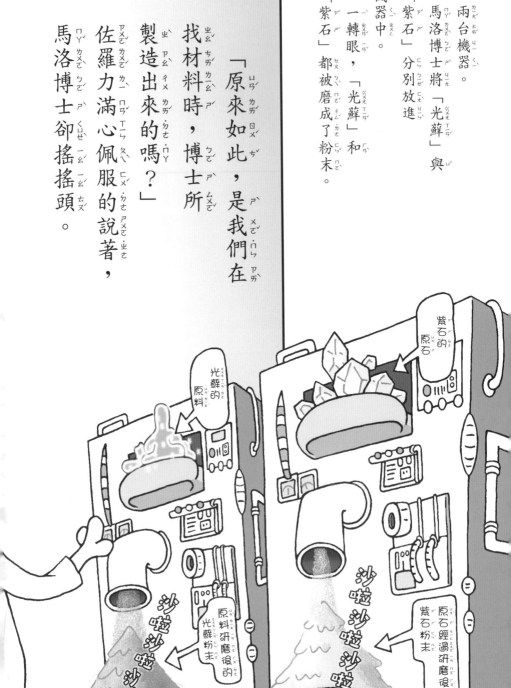

不是，不是，是有位名叫索倫多・隆的男士突然造訪，說要捐贈這兩台機器給我們村子。他可能……
是一位大富翁吧，他說想做點對人有幫助的事。真是太令人感動了呀。
是那個索倫多・隆嗎？

儘管佐羅力掛心著某件事，但現在眼前只有一件事應該馬上行動。

那就是快點把藥製作出來。

馬洛博士將光蘚粉末和紫石粉末，依照計算好的比例，加入自己先前已經做好的藥當中攪拌均勻，可用來治病的藥終於快要完成了。

將這個藥粉拿去給孩子們吃，一個人吃一匙就可以了。

佐羅力他們從博士手中接過了藥瓶，急急忙忙的飛奔到體育館給每個臥病的孩子們餵食藥粉。

當一匙藥粉入了口——

每個孩子的臉卻皺成了一團，而且還把藥全部都吐了出來。

阿麗伍絲舔了一口藥粉。

「嘔，苦死了。難怪孩子們會吐出來。」

「不過，如果沒人吃進去，就沒辦法確定這藥粉是不是有效了。」

天啊，沒人能吞得進去。
如果是大人的話，或許有辦法忍住而吞進去，偏偏病人都是小孩。要是都沒人吞得下，到底該怎麼辦才好呢？

正當馬洛博士喃喃自語的時候，

啊！

佐羅力像是突然想到了什麼拿起了藥瓶，

跑到了伊豬豬的身邊。
嘿，這個藥很苦，但如果是你的話，應該吞得進去吧。
我討厭吃苦的東西！
原來伊豬豬是個小孩子，難怪也會感染這種條紋病。既然這樣，我就和你在這個村子道別吧，本大爺可是不帶小孩子去旅行的。
不要，我想和佐羅力大師繼續去旅行啦！

是嗎？那把這吃下去，向我證明你是個大人。怎麼樣？伊豬豬，你能辦到嗎？
啊，我一定有辦法吃進去的！
伊豬豬拿起裝著藥粉的湯匙，
將藥粉一口
塞進嘴裡，
吃下
那藥粉苦的程度，
好噁心！
超乎一般人的想像。
嗚嗯嗯嗯嗯
不過，伊豬豬不管怎樣都得忍住，
嗚～
噁～～
因為他必須證明自己是個大人。
他努力加把勁，
硬吞
硬是把藥粉吞了下去。
伊豬豬噴著淚
大聲宣告——
佐羅力大師——
你看，我是個大人。

這時伊豬豬身上的條紋竟然迅速的全部消失，而且也不再發燒了。
啊，這藥粉真的有效呀。但有沒有什麼辦法能讓孩子們吃下去不會再吐出來呢？
正當阿麗伍絲苦思不出辦法時，
我有辦法吃下很苦的藥耶，我是個大人呢，魯豬豬。
啊，我們是很酷的大人。伊豬豬，你很拼耶，真是太厲害了，我們又可以一起旅行了。

好！包在本大爺身上吧。
本大爺有好點子了，很快就可以把藥變得不苦，而且容易入口，然後會趕快再回到這裡！各位孩子們，請再稍微忍耐一下，等等我喔。
於是，五個人繼續展開大冒險之旅。
敬請大家期待下集。
來，大家跟上，要踏上新的旅程了。

●作者簡介

原裕 Yutaka Hara

一九五三年出生於日本熊本縣，一九七四年獲得KFS創作比賽「講談社兒童圖書獎」，主要作品有《小小的森林》、《手套火箭的宇宙探險》、《寶貝木屐》、《小噗出門買東西》、《我也能變得和爸爸一樣嗎？》、【輕飄飄的巧克力島】系列、【膽小的鬼怪】系列、【菠菜人】系列、【怪傑佐羅力】系列、【鬼怪尤太】系列、【魔法的禮物】系列等。

●譯者簡介

周姚萍

兒童文學創作者、譯者。著有《我的名字叫希望》、《山城之夏》、《妖精老屋》、《魔法豬鼻子》等作品。譯有《大頭妹》、《四個第一次》、《班上養了一頭牛》、《那記憶中如神話般的時光》等書籍。曾獲「文化部金鼎獎優良圖書推薦獎」、「聯合報讀書人最佳童書獎」、「幼獅青少年文學獎」、「國立編譯館優良漫畫編寫」、「九歌年度童話獎」、「好書大家讀年度好書」、「小綠芽獎」等獎項。

國家圖書館出版品預行編目資料

怪傑佐羅力之大、大、大、大冒險（上集）
原裕 文、圖；周姚萍 譯 --
第一版. -- 台北市：親子天下, 2017.03
104 面；14.9x21公分. --（怪傑佐羅力系列；44）
譯自：かいけつゾロリのだ·だ·だ·だいぼうけん！前編

ISBN 978-986-94215-4-6（精裝）
861.59 105025427

怪傑佐羅力系列 44

怪傑佐羅力之大、大、大、大冒險！上集

作者｜原裕（Yutaka Hara）
譯者｜周姚萍
責任編輯｜陳毓書、余佩雯
美術設計｜蕭雅慧
行銷企劃｜陳詩茵

發行人｜殷允芃
創辦人兼執行長｜何琦瑜
副總經理｜林彥傑
總監｜黃雅妮
版權專員｜何晨瑋、黃微真

出版者｜親子天下股份有限公司
地址｜台北市104建國北路一段96號4樓
電話｜（02）2509-2800
傳真｜（02）2509-2462
網址｜www.parenting.com.tw
讀者服務專線｜（02）2662-0332
週一～週五：09：00~17：30
讀者服務傳真｜（02）2662-6048
客服信箱｜bill@cw.com.tw

法律顧問｜台英國際商務法律事務所・羅明通律師
製版印刷｜中原造像股份有限公司
總經銷｜大和圖書有限公司
電話｜（02）8990-2588

出版日期｜2017年3月第一版第一次印行
2021年7月第一版第十六次印行
定價｜300元
書號｜BKKCH012P
ISBN｜978-986-94215-4-6（精裝）

訂購服務
親子天下 Shopping｜shopping.parenting.com.tw
海外・大量訂購｜parenting@cw.com.tw
書香花園｜台北市建國北路二段6巷11號
電話｜（02）2506-1635
劃撥帳號｜50331356 親子天下股份有限公司

怪傑佐羅力之
大、大、大、大冒險！
下集
謎樣紅色飛機隱藏著什麼祕密呢？
恐怖的
空中戰鬥！
佐羅力與阿麗伍絲的
戀情會有
什麼進展？